Tagebuch

leykam: *seit 1585*

Laura Melina Berling
& Hannah Rödel

Selma, Küsse, Kuddelmuddel

leykam: KINDER- UND JUGENDBUCH

Chips

*In diesem Text wird manchmal das * verwendet. Zum Beispiel bei Schüler*innen. Das * soll zeigen, dass es mehr als Jungen und Mädchen gibt oder dass nicht alle sich als Mädchen oder Jungen wohlfühlen. Manche wachsen als Junge auf, fühlen sich aber als Mädchen und andersherum. Manche wollen nichts von beidem sein. Manche fühlen sich wohl, so wie sie sind. Das ist alles in Ordnung, denn du selbst kannst entscheiden, wer und wie du bist. Das entscheiden nicht die Merkmale deines Körpers.*

In diesem Buch werden auch einige andere Begriffe erklärt, die ein bisschen komplizierter sind. Schau einfach mal ganz hinten nach.

Selma ist unsere Hauptfigur. Sie ist momentan häufig genervt, weiß aber eigentlich gar nicht genau, warum.

Ella ist Selmas beste Freundin. Sie wäre gerne Detektivin, hat aber zurzeit selbst viele Geheimnisse.

Anna weint oft, aber das ist total ok.
Sie ist außerdem sehr hilfsbereit und witzig.

Aida ist schlagfertig, weiß eine ganze Menge über alles Mögliche und steht für sich und andere ein.

Yunus' Freunde reden oft über Muskeln und Mädchen, während er am liebsten nur in Ruhe Playstation spielen möchte.

Sarah fährt häufig mit dem Bus, mag Nagellack und wünscht sich definitiv mehr Privatsphäre.

Karim ist irgendwie doch ganz nett, oder?

Jan und Tobias sind fies und spielen keine allzu große Rolle.

Knubbel und Schokoladenbonbons

Alles fing an dem Tag an, als ich plötzlich zwei Knubbel hatte. Diese waren da, wo irgendwann meine Brüste sein sollten. Es waren aber keine Brüste, die mir da im Badezimmerspiegel entgegenblickten, sondern zwei komische Hubbel. Winzig und unansehnlich. Außerdem taten sie weh. Nicht schlimm, aber doch unangenehm. Und ausgerechnet jetzt war Mama nicht da. Aber zugegeben, eigentlich war Mama nie da.

Sie arbeitete seit einigen Jahren für eine Fluggesellschaft und war viel unterwegs. So sah ich sie fast nur noch abends auf unserem Computer. Beim täglichen »Familiencall«. Nicht gerade der beste Zeitpunkt, um von der irritierenden Veränderung des eigenen Körpers zu erzählen.

Ich atmete tief durch und rief: »Papa!« Sofort hörte ich hastige Schritte im Flur und meinen Vater, der besorgt durch die Tür fragte: »Ist was passiert? Soll ich reinkommen?« »Nein!«, brüllte ich. »Ok. Ehm, was gibt's denn, Selma?« Oh mein Gott, das konnte nicht wahr sein. Wie sollte ich ihm das jetzt sagen? Hitze schoss mir in den Kopf und ich hörte nicht auf, in den Spiegel zu starren. Was waren das für Knubbel? »Selma?«, fragte mein Vater wieder. »Jaja«, antwortete ich und riss mich zusammen. Es half ja nichts. »Papa, also ich habe hier so Knubbel. Am Körper.« »Was?«, rief Papa entsetzt. »Wo?« »An der ... Brust«, flüsterte ich und vergrub meinen Kopf in den Händen. »Ach herrje. Ist es was Schlimmes?« Papa klang leicht panisch. »Woher soll ich das denn wissen!«, rief ich genervt. »Ich weiß nicht, was das ist.«

»Fühlt es sich hart an? Wie groß sind die Knubbel denn?«

Papa schlug nun einen ruhigeren Ton an, aber ich kannte ihn gut genug, um seine Sorge zu hören. »Ich ruf mal schnell Mama an, ja? Moment.« Ich hörte erneut hastige Schritte. »Ich fass das nicht an und Mama erreichst du eh nicht«, schrie ich ihm hinterher. Ich ließ mich auf den Klodeckel hinter mir sinken. Da saßen wir. Ich und meine Knubbel. Ich versuchte an mir herunterzublicken, aber ich wollte meinen Körper einfach nicht ansehen. Jedes Mal, wenn ich es doch schaffte, wurde meine Brust eng vor Scham und mein Kopf heiß wie eine Herdplatte. Warum sah alles an mir so komisch aus? Meine Beine waren zu lang und meine Arme wurden von dunklen Haaren geziert. Jeden Abend betete ich, dass ich nicht so viele Haare wie Papa bekam, dessen Unterarme man unter dem dunklen Haarteppich kaum noch sehen konnte. Und jetzt auch noch diese Knubbel da, wo eigentlich Brüste hinsollten. War an mir einfach alles falsch?

»Ich habe Mama nicht erreicht.« Papas Stimme ließ mich hochschrecken. »Ach nee.« Ich verdrehte die Augen. »Also gut.« Papa atmete tief aus. »Ich mache mir etwas Sorgen.« Ich nickte, obwohl Papa es durch die

Tür ja gar nicht sehen konnte. »Also mach dir keine Gedanken. Es ist bestimmt nichts«, ergänzte Papa schnell. Papa hatte wahnsinnige Angst vor Krankheiten und hatte mich schon als Kind bei jedem Huster zu Ärzt*innen geschleppt. Mama nannte ihn deshalb Hypochonder. Das ist jemand, der immer an Krankheiten denkt oder so. »Und was jetzt?«, fragte ich. »Also ich würde schon zu Doktor Happe fahren. Dann klären wir das einfach kurz ab. Ich rufe ihn an, ja?« Doktor Happe war mein Kinderarzt. Er hatte mir früher immer einen kleinen Vogel auf den Finger gesetzt, wenn ich eine Spritze bekam. Ich sollte dem Vogel in die Augen blicken, der auf meinem Finger auf und ab balancierte, und schon war die Spritze gesetzt, ohne dass ich etwas gemerkt hatte. Außerdem gab es dort richtig gute Bonbons. Keine billigen vom letzten Karneval, sondern welche mit Schokoladenüberzug. »Na gut«, sagte ich und schlüpfte in meinen bunten Bademantel. »Ich komme gleich.«

Während der Autofahrt erzählte Papa ein paar Witze, über die ich nicht lachte. Peinlich. Er sah mich jedes Mal erwartungsvoll an, aber ich hatte so schlechte Laune, dass ich meine Lippen nicht zu einem Lächeln verziehen konnte. »Mach dir keine Sorgen, Selma«, beruhigte mich Papa wieder und lächelte mich schief an. »Ich mach mir keine Sorgen. Lass mich einfach in Ruhe.« Ich wusste nicht, warum, aber die Worte kamen in einer Mischung aus Brüllen und Kreischen aus mir heraus. Ich war so wütend. Auf die Knubbel und auf Papa. Obwohl der eigentlich gar nichts dafür konnte. Aber warum konnte Mama nicht einmal da sein, wenn ich sie brauchte? Papa atmete laut aus und seufzte: »Jaja, die Pubertät ist anstrengend. Weißt du noch, als du neun warst, habe ich dir gesagt, dass du Mama und mich irgendwann mal total blöd finden wirst? Du wolltest mir nicht glauben, aber tada …« Er stupste sich selbst mit seinem Zeigefinger auf seine große Nase, von der ich leider mehr als die Hälfte geerbt hatte. »Ich habe es gerochen«, sagte er.

»Gerochen?«, fragte ich. »Du solltest echt mal ein Buch lesen. Das heißt so viel wie gewusst. Wenn man etwas ...«, er holte zu einem Erklärungsversuch aus, ich stopfte mir meine Kopfhörer in die Ohren und machte Musik auf meinem Handy an. Papa versuchte diese zu übertönen. »Also das ist jetzt nicht nett!«, rief er, aber ich drehte nur lauter und schaute aus dem Fenster, bis wir vor der Arztpraxis stehen blieben.

Eine halbe Stunde später saß ich mit knallrotem Kopf vor Doktor Happe. Er war ein großer, breitschultriger Mann mit zu langen Nasenhaaren. Aber er war sehr nett. Auch Papa war rot geworden. Wie zwei Tomaten erklärten wir stammelnd, was los war.
Also eigentlich erklärte Papa alles. »Wissen Sie, Selmas Mama ist viel unterwegs und ich kenne mich nicht so aus, aber eh ... Ja ...
Ich will, dass es Selma gut geht und sie nicht unsicher ist. Oder ich. Ich hab da manchmal zu viele Sorgen, aber ... Also die Situation

ist nicht ideal, weil ich auch als Vater da natürlich nicht und …«

»Oh, Mann, Papa!«, rief ich dazwischen. »Das ist doch jetzt egal.«

»Aber wir müssen doch erklären, was los ist«, sagte Papa angespannt. »Ja, aber doch nicht so«, zischte ich. »Wie denn dann? Wir müssen das doch sagen, Selma. Also, Herr Doktor, die Selma …«

»Nenn mich nicht DIE Selma. Das klingt wie eine Kuh!«, rief ich wütend. »Also Selma …«, setzte Papa an, doch Doktor Happe hob beschwichtigend die Hände. »Nun mal langsam. Also was ich bisher verstanden habe, klingt absolut nicht beunruhigend. Im Gegenteil. Selma ist jetzt zwölf Jahre alt und damit mitten in der Pubertät. Das ist ganz normal und kein Grund zur Beunruhigung. Bei Mädchen oder jungen Menschen, die mit einer Vulva geboren werden …« Oh mein Gott, ich versank in meinem Stuhl. Mir war noch nie etwas so schrecklich peinlich gewesen. »… bei denen entwickeln sich Brüste für gewöhnlich zwischen dem 9. und 12. Lebensjahr. Das kann aber auch variieren. Vielleicht waren die Brustknospen, so nennt man die Knubbel, auch schon vorher da und tun jetzt nur ein wenig weh und sind etwas angeschwollen. Dann könnte auch die Periode bald folgen. Manchmal wächst auch eine schneller als die andere, das ist bei jedem Körper ein bisschen anders, aber es ist quasi an der Zeit, dass der Körper sich verändert. Das ist ganz normal. Keine Sorge, Selma. Ich werde keine Untersuchung machen müssen.«

Mein Herz blieb vor Erleichterung stehen. Danke, danke, danke. Niemals hätte ich mich hier ausziehen wollen. So peinlich. »Ich gebe dir mal die Nummer einer Kollegin. Frau Aycicek ist Gynäkologin und super auf ihrem Gebiet. Sie hat viele junge Patient*innen. Wenn der Körper sich verändert, kann es gut sein, da mal mit jemandem zu sprechen. Wenn du deine Periode bekommst, könntest du zum Beispiel einen Termin machen.«
Ich wollte nicht zu Frau Aycicek. Ich wollte nicht meine Periode bekommen. Ich wollte keine Brustknubbel. Ich wollte nicht darüber

sprechen. Ich wollte nicht, ich wollte nicht. »Ok gut, dann können wir ja jetzt gehen«, sagte ich laut, sprang auf und schnappte meinen Rucksack. »Komm Papa. Los!« Ich zog ihn eilig am Arm. Papa ignorierte mich und bedankte sich in aller Seelenruhe bei Doktor Happe, während ich nervös von einem Fuß auf den anderen trat. Der Arzt zog die Bonbondose aus seiner Schublade und lächelte mich an. »Ein letztes Schokoladenbonbon, Selma?« Ich blickte in die Dose mit den goldglänzenden Knisterpapieren. Ich schluckte und griff hinein. »Na dann, alles Gute«, grinste er und verließ den Raum mit einem Winken. Ich sah auf die Bilder an den Wänden, auf die mir altbekannten Stühle und auf den kahlen Hinterkopf meines Arztes. Die harte Schokolade klebte an meinen Zähnen und ich fühlte einen Kloß im Hals. Das war also mein letzter Kinderarztbesuch. Mein letztes Schokobonbon. Ab jetzt kamen Brüste und Periode. Ich schluckte wieder und spürte in meiner Magengegend, dass sich gerade etwas Wesentliches verändert hatte.

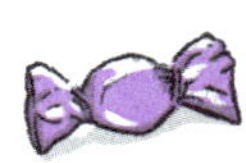

BRÜSTE und BRUSTWACHSTUM

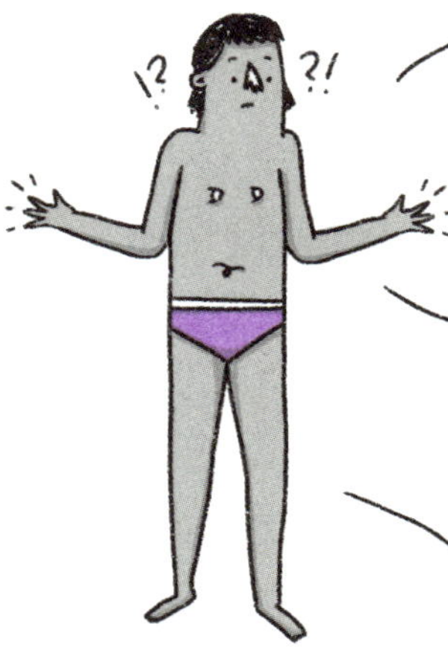

KLEINE „KNUBBEL" SIND DAS ERSTE ANZEICHEN VON BRUSTWACHSTUM

AUCH **BRUSTKNOSPEN** GENANNT

MEIST PASSIERT DAS ZWISCHEN 9 UND 13 JAHREN

BRÜSTE WACHSEN NICHT IMMER GLEICHMÄẞIG

DAS IST OKAY!

(WAHRSCHEINLICH FÄLLT ES EH NIEMANDEM AUF)

JUCKEN, KRIBBELN UND LEICHTE SCHMERZEN SIND IM WACHSTUM

= NORMAL! =

MIT **17-18** JAHREN → IST DAS BRUSTWACHSTUM IN DER REGEL ABGESCHLOSSEN

= ABER =

EGAL WIE SCHNELL ODER WIE (UN)GLEICHMÄẞIG DEINE BRÜSTE WACHSEN:

ALLE BRÜSTE SIND SCHÖN UND SO EINZIGARTIG WIE DU!

Auf dem Rückweg hielt Papa an der Tankstelle. Er versuchte mit mir zu reden, aber ich sagte ihm, er solle die Klappe halten. Dann steckte ich mir wieder die Kopfhörer in die Ohren und drehte die Musik so laut es ging. Das Ganze war mir einfach zu viel und ich ignorierte die kleine Stimme in meinem Kopf, die mir sagte, ich solle mich entschuldigen. Die Sonne knallte auf das Autodach und ich pappte wie ein altes Kaugummi auf dem ausgesessenen Sitz, sodass ich mich mit jeder Minute elender fühlte. Für heute hatte ich echt genug von meinem Körper, doch jetzt begann er auch noch zu schwitzen. Besorgt roch ich an meinen Achseln. Ekelhaft. Ich nahm meinen Rucksack, suchte nach meinem Pfirsich-Erdbeerdeo und sprühte mich ordentlich ein. Durch die Scheibe bemerkte ich ein kleines Kind, das mich von der anderen Seite der Zapfanlage aus einem Auto beobachtete. Ich streckte ihm die Zunge heraus und zog eine Grimasse. Das Kind begann zu weinen. Na super, Selma. Jetzt war ich nicht nur gemein zu Papa, sondern auch zu

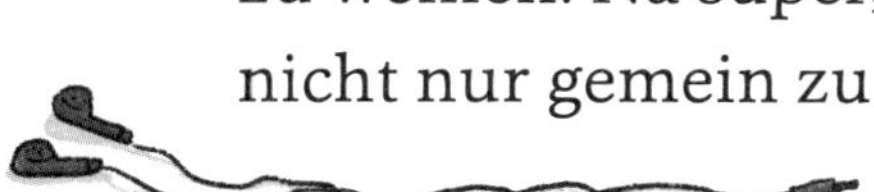

fremden Kleinkindern. Ich rutschte so tief in den Sitz, dass ich es nicht mehr sehen konnte. In dem Moment schrie jemand neben mir: »SELMA! HALLO.« Ich fuhr erschrocken hoch und stieß mit dem Kopf gegen die Decke. Aua. Die Kopfhörer fielen mir aus den Ohren und Papa murmelte: »Entschuldige. Ich wollte dich nicht erschrecken, aber du hast einfach nichts gehört.« Wütend strich ich über meinen Kopf, auf dem sich schon eine Beule bildete, und funkelte Papa an. Er räusperte sich. »Puh, dieser Geruch.« Er wedelte mit der Hand vor seiner großen Nase herum. »Aber egal.« Er räusperte sich wieder. »Also Tankstellengeschenke sind nicht die besten Geschenke, ich weiß. Aber ich hab diese Postkarte gesehen und ich dachte, na ja, ich wollte, also du wirst ja jetzt irgendwie erwachsen und ... ehm ... ach also hier, das ist für dich.« Papa streckte mir einen alten Chipskarton entgegen, den er sich wohl aus einem der Regale in der Tankstelle genommen hatte. Er kaufte immer so ein. Suchte sich irgendwo alte, leere Kartons zusammen und legte alles hinein, damit er keine Tüte kaufen musste. Im Chipskarton befand sich eine Postkarte, auf der »KOPF HOCH!« stand. Daneben lagen ein Blumenstrauß, ein Schokoriegel, ein Päckchen Gummibärchen, eine Packung Tampons sowie Binden und ein Einwegrasierer. »Vielleicht brauchst du ja etwas davon. Oder auch nicht. Ich weiß nicht. Aber ich wollte dir etwas mitbringen. Deine Tage hast du ja noch nicht, aber vielleicht bald, und der Rasierer, mmh ... ist vielleicht blöd. Ich finde nämlich nicht, dass Mädchen und Frauen sich rasieren müssen, aber ich dachte, vielleicht möchtest du es auch. Mama macht es manchmal und manchmal nicht. Wie sie Lust hat.« An dieser Stelle hätte ich mir fast die Ohren zu gehalten. »Es ist deine Entscheidung. Wirklich. Ganz allein deine. Lass dich da nicht unter Druck setzen von Jungs oder Freundinnen.«

Ich schob die Gummibärchen über die Tampons. Bäh. Hoffentlich brauchte ich die niemals. Dann umarmte ich Papa und flüsterte: »Tut mir leid. Danke.« Papa wischte sich eine Träne aus dem Augenwinkel und strahlte mich an. »Oh Papa. Jetzt heul nicht. Voll peinlich.« Ich verdrehte die Augen und suchte im Fußraum nach meinen Kopfhörern. Papa verdrehte ebenfalls die Augen, schnallte sich an und startete das Auto. »Na dann mal los.«

Der Bus und die Frage nach dem Kuss

Am nächsten Morgen kam ich kaum aus dem Bett. Freitags stand ich immer alleine auf, weil Papa früh arbeiten musste. Er stellte mir jedes Mal drei Wecker. Kein Witz! Einen in meinem Zimmer, einen im Flur und einen im Bad. Damit ich auch WIRKLICH aufstand. Genervt drückte ich den Kopf in meine Blümchenbettdecke, die mir Mama letztes Jahr zu Weihnachten geschenkt hatte und die mir nicht gefiel. Aber das konnte ich ihr nicht sagen, da Mama ja eh schon immer ein schlechtes Gewissen hatte, weil sie so selten da war. Da wollte ich ihr kein noch größeres wegen ihrer Geschmacklosigkeit machen. Die blöden Wecker wurden umso lauter, je länger man sie ignorierte. Also sprang ich irgendwann aus dem Bett, lief hastig durch mein Zimmer, raus auf den Flur und ins Bad und drückte alle drei auf »aus«.

Der gestrige Abend war nicht gerade gut verlaufen. Papa hatte Abendessen gekocht und mich mit dem Thema »Pubertät« in Ruhe gelassen, stattdessen aber angefangen nach Mama zu fragen. Er wollte wissen, ob ich sie vermisste, ob ich gerne öfter mit ihr reden würde und wie es mir generell so zu Hause ging. Ich hatte nicht geantwortet. Mama war ständig auf irgendwelchen Geschäftsreisen oder Besprechungen. Was sollte es bringen, darüber zu reden? Davon würde sie auch nicht öfter nach Hause kommen. Stattdessen verbarrikadierte ich mich in meinem Zimmer, um meiner besten Freundin Ella zu schreiben.

Danach hatte ich »Gute Nacht« durch die geschlossene Tür gebrüllt und mich ins Bett gelegt. Papa kam an meine Tür und sagte, dass ich immer mit ihm reden könne. Doch auch wenn er sich Mühe gab, ich wollte nicht. Das war meine Privatsache.

Müde putzte ich mir die Zähne. Ich hatte die ganze Nacht von Kamelen geträumt und mein Schädel brummte ein wenig. Einen Blick in den Spiegel vermied ich und beim

Anziehen wählte ich einen Pulli, der obenrum möglichst weit saß, damit bloß niemand meine Knubbel sehen konnte. Papa hatte vergessen, mir ein Pausenbrot zu schmieren. Ich schaute in den Kühlschrank. Gähnende Leere. Na toll. Ich stieg auf den Küchenstuhl und schüttelte unser Notfallsparschwein auf dem Schrank. Ein paar Euro waren noch darin. Damit konnte ich mir nachher ein Brötchen holen. Ich schaute auf mein Handy:

> Oh Selma. Tut mir leid. Ich habe dein Brot vergessen. Nimm dir etwas Geld.

Jaja, schon erledigt. Ich schickte ein  zurück, nahm meinen Schlüssel vom Haken und zog die Haustür ins Schloss.

Mein Schulweg dauerte nicht lange, aber an regnerischen Tagen, so wie heute, nahm ich lieber den Bus. Der Nachteil daran war, dass er oft viel zu voll und stickig war. Der Vorteil aber, dass ich meistens Sarah traf. Sarah und ich waren zusammen in der Grundschule gewesen. Da sie im Rollstuhl saß, hatte meine Klassenlehrerin Frau Hölzerlin mich zu ihrer Patin auserkoren. Ich sollte ihr bei allem helfen. Mathe, Schönschrift und in den Pausen. Dies hatte sich jedoch schnell als ziemlich unnötig herausgestellt, da Sarah in der Schule und auch generell sehr viel besser war als ich. Zudem war sie schon zwei Jahre älter, aber da wir vormittags Unterricht mit allen Schüler*innen gemeinsam hatten, hielt Frau Hölzerlin es trotzdem für eine gute Idee, dass ich Sarah in dieser Zeit unterstützte. Aufgrund meiner mangelnden Fähigkeiten in Mathe und einigen anderen Fächern wurde sie dann allmählich eher zu meiner Patin und half mir oft bei den Hausaufgaben. Doch trotz ihrer guten Noten musste Sarah nach der Grundschule eine Förderschule besuchen, da alle anderen Schulen nur Treppen und keine Rampen für ihren Rollstuhl hatten. Richtig daneben. Nun sahen wir uns nur noch ab und an im Bus, aber Sarah war die beste Ratgeberin auf der Welt und hatte von allem eine Ahnung, deshalb hatte ich darauf gehofft, sie heute zu erwischen.

Tatsächlich hatte ich Glück. Im mittleren Teil des Busses sah ich Sarah, neben ihr eine ihrer Integrationshelfer*innen oder so, die sie immer zur Schule brachten. Die meisten von denen waren ganz nett, auch Nelly, die heute dabei war. Als sie mich einsteigen sah, zwinkerte sie mir zu und steckte sich ihre Kopfhörer in die Ohren. Sie wusste, dass Sarah auch mal Privatsphäre brauchte und dass wir gern ungestört redeten. So gut das im Bus eben möglich war. Dankbar ließ ich mich auf den ausklappbaren Sitz in der Mitte des Busses neben Sarah plumpsen und schleuderte meinen Rucksack auf den Boden.

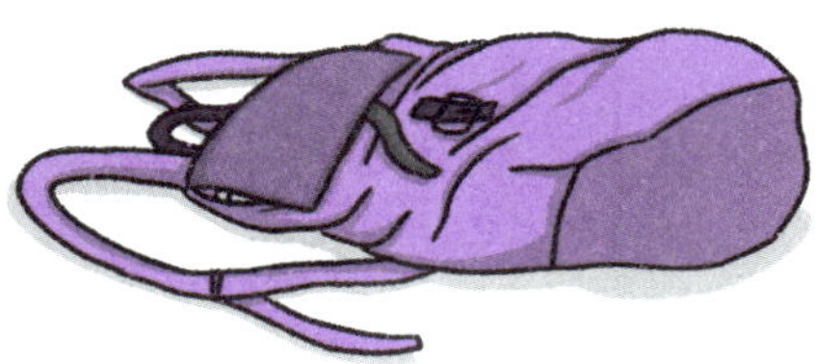

»Oh mein Gott, ich muss dir was erzählen«, flüsterte ich aufgeregt. Sarah klatschte in die Hände: »Super. Mir war schon langweilig! Schieß los!«

»Wow, der Nagellack ist schön«, rief ich begeistert. Sarah hielt mir stolz ihre mit blauem Glitzer lackierten Nägel hin. »Hab meine Mutter überredet, dass sie es mir erlaubt.« Ich schaute auf meine Nägel, die ich mal wieder halb abgekaut hatte, und nahm mir vor, mir auch glitzernden Nagellack zu besorgen.

»Also was gibt's?«, fragte Sarah aufgeregt. »Psst!«, ich senkte wieder die Stimme. »Ist streng geheim. Also mir wachsen seit gestern …« Ich deutete unauffällig auf meinen Oberkörper. Sarah sah mich verständnislos an. Ich flüsterte noch leiser. Super peinlich. Das sollte hier bloß niemand hören. »Da wächst was.«

»Ah, Brüste, cool!«, lachte Sarah laut.

»PPPPPPSSSSTT!!! Sei leise«, zischte ich und sah mich verstohlen um. Es war niemand aus meiner Klasse zu sehen.

»Sorry!«, Sarah senkte die Stimme. »Streng geheim. Klar. Ich hab auch welche. Und meine Tage.« Sarah konnte immer einfach so über solche Dinge reden. Keine Ahnung, wie sie das machte. »Echt?«, flüsterte ich. »Wie ist das so?« Sie zuckte mit den Schultern. »Keine Ahnung. Nervt irgendwie, ist aber auch nicht so schlimm.«

»Mir ist das irgendwie alles zu viel. Ich finds super eklig.« Sarah legte mir eine ihrer coolen Glitzerhände auf die Schulter. »Du schaffst das schon. Ist halb so schlimm. Du wirst schon sehen.«

»Aber ich bin doch erst zwölf«, seufzte ich. »Na dann wird es ja höchste Zeit.« Sarah strich sich die Haare hinters Ohr und grinste. Auch ihre Ohrringe glitzerten heute. Warum hatte ich nichts Glitzerndes an? »Erst kommen die Brüste, dann die Tage und schwups bekommst du deinen ersten Kuss.« Ich starrte Sarah schockiert an. »Waaas?« Warum denn jetzt küssen? Wen überhaupt? Ich will niemanden küssen.

Der Bus machte eine scharfe Kurve und wir kicherten, als wir aneinandergedrückt wurden.

Ich flüsterte Sarah ins Ohr: »Hast du schon mal jemanden geküsst?« Sie grinste erneut. »Klar, ich hab auch einen Freund.« Oha. »Echt?«, rief ich. Sarah nickte und ihre Ohrringe wippten. »Klar. Irgendwann ist es Zeit. Mit zwölf oder 13 den ersten Kuss, dann den ersten Freund und mit 16 sollte man schon das erste Mal haben.« Ich sah Sarah entsetzt an. »Oh. So ist das«, murmelte ich irgendwie panisch.

Eine Stimme über unseren Köpfen ließ Sarah und mich heftig zusammenzucken. »Also da solltet ihr euch echt nicht unter Druck setzen. Das ist bei jeder Person unterschiedlich und man sollte sich mit so etwas Zeit lassen.« Nelly hatte ihre Kopfhörer abgesetzt und nickte uns wissend zu.

»Du sollst uns nicht belauschen!«, rief Sarah empört. Nelly verdrehte die Augen und lachte. »Wollte ich ja auch nicht, aber Selma wollte ich sagen, dass sie gleich rausmuss. Wir haben uns damals so sehr unter Druck gesetzt mit diesem Zeug, dass wir Sachen gemacht haben, die wir nicht wollten. Ich finde, es ist also meine Pflicht, euch als erwachsene Frau, also fast, zu sagen, dass ihr da in euch reinhören dürft, was sich gut anfühlt und was nicht, und dass ihr das auch offen sagen dürft. Also wenn ihr etwas nicht möchtet.«

Sarah war offensichtlich nicht begeistert von Nellys Erklärung. »Du bist doch nicht unsere Mutter oder so.«

»Nee«, erwiderte Nelly. »Zum Glück nicht. Für Kinder bin ich echt nicht bereit. Tut mir leid, wollte dir nicht zu nahetreten, Sarah. Aber so was ist doch gut zu hören. Also dass man da entspannt sein sollte.« Sie lächelte entschuldigend. Sarah verdrehte die Augen und schaute sauer. Doch Nelly setzte einen Hundeblick auf, bis wir lachten. Anschließend drückte sie auf den »Stopp«-Knopf und nickte mir zu. »Deine Haltestelle, Selma. Und ich schwöre, ich lass euch mehr Privatsphäre, ok?«

»Jaja«, sagte Sarah. »Nervt einfach, dass ich so selten wirklich alleine bin.« »Versteh ich gut.« Nelly nickte.

Der Bus hielt, ich drückte Sarah einen Kuss auf die Wange, den sie grinsend erwiderte, und winkte Nelly dankbar zu. Dann schnappte ich meinen Rucksack und hechtete ins Schulgebäude.

Mrs. Holmes und die Liste

Meine Klasse befand sich ganz unten am Ende des Ganges. Ich schüttelte meine Haare, die vom Regen nass geworden waren, kam mir dann aber vor wie ein Hund und hörte schnell wieder auf. In der Schule durfte man nichts Peinliches machen, sonst hing einem das jahrelang nach. Besonders Jan und Tobias, die schon seit der Grundschule mit mir in einer Klasse waren, hatten es sich zum Hobby gemacht, sich über andere lustig zu machen. Damals hatte ich einmal eine Kurzhaarfrisur gehabt und meinem besten Freund Yunus erzählt, dass ich sie nicht mochte, weil sie aussah wie ein Brot. So komisch rund und länglich irgendwie. Natürlich hatte er das nicht für sich behalten können und Tobias und Jan hatten mich monatelang »Brötchen«

genannt. Ich war heute noch sauer auf Yunus, auch wenn er sich hundertmal entschuldigt hatte.

Ich fuhr mir also nur unauffällig durch mein dunkles Haar und ging möglichst entspannt den Gang entlang. Aus meinem Klassenzimmer drang aufgeregtes Gebrüll und lautes Schluchzen. Oha. Was war denn hier los? Gerade als ich den Raum betreten wollte, wurde ich von Anna fast umgerannt, die mit roten Augen aus der Tür gestürzt kam. »Entschuldige«, heulte sie und schaute verschämt auf den Boden. Dann stürmte sie weiter in Richtung Klo. Huch. »Macht nichts«, rief ich ihr noch hinterher, aber da hatte sie schon die Klotür hinter sich zugeknallt. Im Klassenraum sah ich, wie Aida auf Karim, Jan und Tobias einbrüllte. Karim war der dritte im Bunde, der sich gerne gemeine Witze über andere ausdachte. Ich kannte ihn kaum und ging ihm, genau wie den anderen beiden, lieber aus dem Weg.

Aida hatte einen Zettel in der Hand, mit dem sie wütend herumwedelte. »Das wart

doch ihr?!«, schrie sie. Die drei Jungs lachten nur. »Keine Ahnung, wovon du redest.« Jan grinste breit und fies. »Wir haben nichts gemacht.« Aida rückte ihren Hijab zurecht und ging langsam auf die drei zu. »Wenn ihr mich oder irgendwen noch mal so nennt oder so was macht, dann …«

»Dann was?«, lachte Tobias. »Mmmh? Was machst du dann?« Aida stampfte wütend mit dem Fuß auf. Die Jungs lachten noch lauter. »Uuuuh, da bekommen wir aber Angst.« Aida drehte sich um, packte meine beste Freundin Ella am Ärmel und zog sie nach draußen.

Ella wiederum packte mich am Ärmel und zog mich gleich mit.

»Eh, wohin gehen wir und was ist überhaupt passiert?«, fragte ich und stolperte den anderen hinterher. »Gleich«, sagte Aida und steuerte ebenso wie Anna aufs Klo zu. Ich hatte bisher weder mit Aida noch mit Anna viel zu tun gehabt und nahm Ellas Hand, als wir die etwas schmuddeligen Toiletten betraten.

»Anna?«, rief Aida und spähte unter den Türen durch. »Anna, komm schon.« Wir hörten ein Schniefen aus der letzten Kabine, dann eine zittrige Stimme. »Lasst mich in Ruhe.« Annas Stimme. Aida klopfte an die Tür. »Komm schon, Anna. Lass dich von denen nicht unterkriegen.« Darauf folgte ein lautes Schluchzen. »Du verstehst das nicht. Ich ... ich ...« Ich sah Ella an, die mit den Schultern zuckte.

Ella und ich waren seit der Grundschule die besten Freundinnen. Schon seit sechs Jahren also. Der erste Schultag damals war für mich irre aufregend gewesen. Ich hatte richtig Angst und mir war morgens übel. Ich wusste, dass niemand aus meinem Kindergarten in meine Klasse kam, und fühlte mich alleine und unsicher. Doch als wir uns unsere Plätze aussuchen durften, hatte mich dieses Mädchen, also Ella, aber ihren Namen wusste ich ja da noch nicht, angegrinst und ich hatte mich schnell neben sie gesetzt. Sie bot mir ein Stück Schokolade aus ihrer riesigen bunten Schultüte an. Meine kleine, die Papa noch schnell im Supermarkt gekauft hatte, weil er vergessen hatte, dass »der erste Schultag ja schon morgen war«, ließ ich schnell unter den Tisch fallen. Doch Ella zog sie unter dem Tisch hervor und sagte, dass sie die Piraten darauf cool findet. Ich beschloss, dass wir beste Freundinnen werden mussten. Das hatte zum Glück geklappt und seitdem hatten wir gemeinsam die Schule gewechselt, ich haute die Jungs, die ihre Haare anfassen wollten, sie teilte weiter mit mir ihre Schokolade sowie all ihre Geheimnisse und wir verbrachten keinen Tag mehr ohne einander.

Nun stand sie mir etwas ratlos gegenüber und wie es ihre Art war, versuchte sie erst einmal alles zu ordnen. »Aida, Moment mal. Der Reihe nach. Was steht überhaupt auf diesem Zettel? Und wo hast du ihn her?« Aida wendete sich uns zu und ließ sich frustriert gegen die Klotür sinken. »Ich hab ihn beim Aufräumen gefunden. Ich hatte Klassendienst. Hier.« Sie hielt uns den zerknüllten Zettel hin. Während ich es kaum erwarten konnte, ihn zu lesen, strich Ella das Papier glatt. »Das ist vielleicht ein Beweisstück«, sagte sie. Ich schnaufte. Ella war besessen von Detektivgeschichten. Sie wollte später der, eh die erste weibliche Sherlock Holmes werden. »Was?« Sie zwinkerte mir zu. »Wir wollen doch herausfinden, was hier passiert ist, und dies scheint ein Indiz zu sein.« Ich verdrehte die Augen, grinste aber. »Jaja, aber jetzt lies vor, Sherlock.« Sie lächelte und schaute auf den glatt gestrichenen Zettel. »Ok Watson, da steht:

Melli 10 Punkte, geil! !!!
Aida Schleiereule kann man nicht bewerten
Emma 3 Punkte langweilig
Selma 6 Punkte
Amira 4,5 Punkte, nervt!!
ANNA fett + hässlich -100 Punkte
Ella LESBE! 0 Punkte
Laura 100+
!!!

Ellas Stimme war beim Vorlesen immer wütender geworden. »Boah was?«, rief ich und starrte auf das Gekrakel. Aida nickte erzürnt. »Seht ihr? Das ist Mobbing. Und Rassismus. Und Sexismus. Und ... so gemein einfach!« Ich starrte sie verwirrt an. »Was ist das?« Aida setzte erneut an. »Meine Schwester hat mir das erklärt. Die ist jetzt in so einer Gruppe an der Uni, also da studiert die oder so und da reden die über ... keine Ahnung, so Sachen halt. Und sie hat gesagt, wenn man beleidigt wird als Schleiereule wegen dem Kopftuch zum Beispiel, ist das Rassismus. Auch wenn man etwas Gemeines über das Land sagt, wo die Eltern herkommen oder so was. Und wenn Frauen von Männern beleidigt werden wegen ihren Körpern, also wie die aussehen, dann ist das Sexismus. Also wenn sie beleidigt werden, weil sie Mädchen sind oder Frauen. Und das haben die da von dem Zettel gemacht, diese mobbenden, kleinen ...« Ella unterbrach Aida. »Stopp! Das klingt alles total richtig, aber wir müssen eins nach dem anderen besprechen. Wer das war, wann, warum und was wir dagegen tun können.« Ich stöhnte. »Das klingt ja wie Deutschunterricht.«

»Falsch«, sagte Ella. »Das ist einfach gute Detektivarbeit. Es gab ein Verbrechen und wir werden es lösen.«

»Was denn für ein Verbrechen?«, fragte ich verdutzt. »Das ist doch total offensichtlich«, antwortete Ella ruhig. »Wir wurden beleidigt und …«

»Gemobbt und diskriminiert!«, rief Aida. »Hä? Diskri-was?« Ich stieg überhaupt nicht mehr durch. »Was soll das überhaupt? Ich meine, warum geben die uns Punkte, warum bekomme ich nur 6, warum hat Laura so viele und warum steht da, du bist eine Lesbe?« Ella sah betreten auf den Boden. »Keine Ahnung«, murmelte sie. »Ist ja auch egal.«

»Was ist eine Lesbe?«, schniefte Anna durch die Tür. »Wenn eine Frau eine andere Frau liebt«, rief Aida zurück. »Oh«, kam es aus dem Klo. Ich sah verwirrt von einer zur anderen. »Also warum habe ich nur 6 Punkte?«, fragte ich erneut. Aida stöhnte. »Boah Selma, diese Punkte sind doch total fies und blöd. Egal, ob man 6 hat oder 100.«

»Oder minus 100!«, rief Anna durch die Tür. »Minus 100 ist echt gemein und gar nicht wahr«, rief ich zurück. »Ich würde dir 10 geben oder plus 100 einfach«, setzte ich hinzu. »Wir sollten uns gar keine Punkte geben. Wir sind doch keine, eh keine Ahnung, Preiskühe«, sagte Aida nachdrücklich. »Preiskühe? Was ist das schon wieder?«

Dieses Gespräch ging mir zu schnell. Aida sah mich eindringlich an. »So Kühe, die bewertet werden und Preise bekommen, weil sie so tolle Milch geben. Ist doch egal. Du weißt schon, was ich meine.« Ich schüttelte den Kopf. »Nee.« Aida fasste sich verzweifelt mit den Händen an den Kopf. »Ey Selma, na ja, dass wir bewertet werden, dass man uns Punkte gibt und meint, man könnte uns sagen, wie wir aussehen sollen.« Ich zuckte mit den Schultern. »Ich will schon schön aussehen.«

»Ja, aber frag dich mal, warum«, sagte Aida und tippte sich an die Stirn. »Weiß nicht«, sagte ich verwirrt. »Einfach so.«

»Nee, nicht einfach so. Sondern wegen so was.«

Ella unterbrach uns. »Also jetzt mal mit der Ruhe. Eins nach dem anderen. Wir sind uns alle einig, dass dieser Zettel beleidigend und nicht ok ist?« Aida und ich nickten. Anna schniefte ein »Ja«.

»Gut. Dann ist es wichtig, dass wir das nicht auf uns sitzen lassen. Wir sind Opfer eines Verbrechens geworden und müssen jetzt herausfinden, wer das war und was wir tun können.«

»Also Verbrechen ist schon übertrieben, oder?«, fragte ich in die Runde. Aida nickte und auch Anna schniefte erneut ihr »Ja«. Ella fuhr fort: »Der erste Weg einer guten Detektivin führt über den offiziellen Weg. Wir reden mit der Polizei, ehm also mit einer Lehrerin.« Ich schüttelte den Kopf. »Ist das nicht petzen?«

»Nee«, sagte Aida. »Die haben doch in dieser Mobbingwoche gesagt, dass wir mit denen reden sollen. Also mit den Lehrerinnen oder den Lehrern.«

Die Mobbingwoche hatte letztes Schuljahr stattgefunden und war eigentlich eine Projektwoche zum Thema Mobbing gewesen. Wir mussten Referate halten. Ella und ich redeten über Hass im Internet. Währenddessen bewarfen uns Tobias und Karim von der ersten Reihe aus heimlich mit alten Kaugummis, die unter den Tischen klebten. Megaekelhaft. Unser Lehrer Herr Blöhm ignorierte es und schaute jedes Mal an die Decke oder zupfte an seinem Bart.

»Dann gehen wir aber nicht zu dem Blöhm«, sagte ich. Ella stimmte zu. »Da könnten wir es auch den Klos hier erzählen. Die interessiert es genauso wenig.« Ein kleines Lachen kam aus Annas Kabine. Zumindest weinte sie wohl nicht mehr. »Vielleicht gehen wir zu einer Lehrerin. Zum Beispiel zur Hübner. Die haben wir jetzt eh.« Das war unsere Englischlehrerin. »Außerdem können wir schon mal die Spuren verfolgen, die es bisher gibt. Wir könnten eine Schriftanalyse machen und Verhöre durchführen.«

»Ach jetzt lass doch mal diesen Analy-Dings-Detektivkram«, stöhnte ich. »Nein! Den lasse ich nicht. Das ist mein erster guter Fall seit Jahren.« Ella hatte bisher nur zwei »Fälle« gehabt. Einmal verschwand ein Stift, den sie bei ihrem Bruder fand (»Ich habe einen Diebstahl aufgeklärt«), und einmal liefen wir ihrem Nachbarn heimlich hinterher, weil sie dachte, er würde ein geheimes Päckchen irgendwo verstecken. Vielleicht wegen einer Entführung oder Erpressung. Nachdem wir ihm über eine Stunde durch Schnee und Regen hinterhergeschlichen waren, kamen wir bei der Post an, wo er das Päckchen aufgab und noch einen Sticker mit Weihnachtsmann draufklebte. War wohl einfach ein Geschenk. Seitdem war ich nicht mehr besonders begeistert von Ellas Detektiv*innen-Ideen.

Anna war nicht aus ihrer Kabine zu bekommen. Wir versprachen also, sie bei Frau Hübner zu entschuldigen und zu sagen, ihr sei schlecht. Später würden wir sie dann abholen. Aida sagte zwar, dass es eh klar war, wer diesen Zettel geschrieben hatte, aber Ella wollte sichergehen und »die Täter überführen«. Deshalb hatte sie uns aufgetragen von allen Hauptverdächtigen, also von allen Jungs der Klasse, eine »Schriftprobe« zu besorgen. Sie glaubte nicht, dass es eines der Mädchen war. Ich hatte mal wieder nicht verstanden, was diese Schrift-

probe sein sollte, aber nach einigen Erklärungen wusste ich nun, dass wir irgendein beschriebenes Blatt besorgen sollten, und dann würde Ella die Schriften mit der auf dem Zettel vergleichen. Ich sollte meinen besten Freund Yunus übernehmen, was kein Problem war, da ich neben ihm saß. Obwohl ich mir ziemlich sicher war, dass Yunus so etwas nicht machen würde. Aber »sicher ist sicher« hatte Ella gesagt. »Die Bösen sind oft die, von denen man es am wenigsten erwartet.«

Gemeinsam schlichen wir zu unserem Klassenzimmer zurück. Es hatte schon lange geklingelt und wenn man während des Unterrichts auf dem Gang erwischt wurde, gab es ziemlichen Ärger. Zaghaft klopften wir an unsere Klassentür. »Ja!«, rief Frau Hübner ungehalten. »Oh, oh, sie ist nicht gut drauf«, flüsterte Aida und zog eine Grimasse. Ella und ich drückten langsam die Tür auf. »Aha, die Damen kommen auch endlich. Sit down, please. Quickly!« Frau Hübner deutete energisch auf unsere Plätze. »Frau Hübner«, Ella schaute entschuldigend, »können Sie kurz rauskommen? Es ist wichtig.« Frau Hübner schnaufte. »Oh well. Na gut. Aber ich hoffe, ihr habt einen wichtigen Grund, erst zu spät zu kommen und mich dann auch noch zu unterbrechen.« Unsere Lehrerin schaute streng in die Klasse. »Ihr seid so lange still!«

Sie kam zu uns hinaus und als sie die Tür schloss, ging drinnen das Gebrüll los. Frau Hübner kniff die Augen zusammen und atmete tief durch. »Macht bitte schnell.«

»Ok.« Aida redete wie ein Wasserfall. »Die haben eine Liste über uns gemacht, Frau Hübner. Das ist Mobbing! Schauen Sie doch mal. Das ist rassistisch und sexistisch. Das war bestimmt Tobias und so. Wir wollen das nicht auf uns sitzen lassen. Sie müssen uns helfen!« Ella streckte Frau Hübner den Zettel entgegen. »Na, Mädchen, das gibt es doch immer mal. Ich sehe schon, dass euch das ärgert, aber so was machen Jungs halt. Warum stört ihr deshalb meinen Unterricht? Und wo ist Anna?«

Ich sah sie schockiert an. »Anna geht es nicht gut. Deshalb!« Ich deutete auf die Liste. »Haben Sie das nicht richtig gelesen?« Frau Hübner atmete tief aus. »Ach, da kann man doch drüberstehen. Das ist nicht nett, aber wir wissen auch nicht, wer es war, und ich muss wirklich mit dem Unterricht weitermachen. Nächste Woche ist eure erste Klassenarbeit. Das ist wirklich wichtiger. Konzentriert euch lieber darauf.«

Wir sahen uns fassungslos an. »Aber ...« Ella rang um Worte. »Das ist doch nicht in Ordnung. Das ist Diskriminierung!«, rief Aida. Frau Hübner schüttelte den Kopf. »Wer hat euch denn solche Wörter beigebracht? Ihr wisst doch noch gar nicht, was das heißt. Das ist eben ein Jungsstreich. Und jetzt zurück in die Klasse. Keine Widerrede. Sonst müsst ihr nachsitzen. Und du Selma, hol bitte Anna. Jetzt!« Wir sahen uns an. »Können wir alle Anna holen, bitte?«, fragte Aida. »Ihr geht es echt nicht gut und wir wollen sie nicht alleine lassen.« Frau Hübner zuckte zusammen, als ein Geräusch aus dem Klassenzimmer drang, das wie ein Stuhl klang, der gegen eine Wand geworfen wurde. »Beeilt euch«, keuchte sie, drehte sich um, betrat das Klassenzimmer und knallte die Tür zu. »Quiet! Now!«

Ella schüttelte den Kopf. »Was war das denn?«

»Auf jeden Fall keine Hilfe«, sagte Aida und ging entschlossen zurück Richtung Toilette. Wir liefen ihr hinterher und klopften an Annas Kabine. »Anna«, flüsterte ich vorsichtig. »Geht es dir besser? Die Hübner ist echt nicht gut drauf und wir müssen schnell in den Unterricht zurück. Sonst müssen wir nachsitzen.« Anna antwortete nicht, doch dann ging langsam die Tür auf. Annas Augen waren ganz verquollen und ihre Haut fleckig vor Aufregung. Sie schaute in den Spiegel. »Na toll. So ziehen die mir noch 100 Punkte ab.«

»Selbst wenn«, sagte Aida wütend. »Die haben doch keine Ahnung!«

»Schau dir doch mal mein Gesicht an.« Annas Augen füllten sich wieder mit Tränen. »Warte mal«, sagte Ella und kramte in ihrer Jackentasche. »Ich hab hier eine Creme. Ist zwar eigentlich für die Hände, aber ›Creme ist Creme‹, sagt meine Mama. Die hilft gegen die Schwellungen.«

»Danke!« Anna strich sich die dicke Paste unter die Augen und ich reichte ihr meinen Abdeckstift. Ein Geschenk von Mama, das sich ab und an als nützlich gegen Pickel erwies. Sonst schminkte ich mich nicht, aber ich hatte ihn immer in der Jackentasche. »Hier. Das hilft auch.« Anna gab Ella die Creme zurück und benutzte den Abdeckstift. Aida strich ihr die Haare glatt. »So wird es gehen.« Anna lächelte und sah schon nicht mehr ganz so unglücklich aus. Wir erzählten ihr von Frau Hübners Reaktion und dass sie uns nicht helfen würde. »Dumme Kuh. Hat uns überhaupt nicht ernst genommen«, sagte Aida. »Wisst ihr was«, sagte Ella, »wir helfen uns selbst. Der Detektivinnen-Club ist hiermit eröffnet. Wir überführen die Übeltäter und lassen sie für ihre Schandtaten büßen. Wer ist dabei?« Sie streckte ihre Hand mit ausgestreckten Fingern vor sich und sah uns erwartungsvoll an. Aida legte ihre Hand sofort auf Ellas. Anna sah uns schüchtern an und legte ihre Hand dazu. Alle sahen mich an. »Na gut. Ich bin dabei.« Auch ich legte meine Hand in den Kreis und Ella zählte bis drei. Dann warfen wir unsere Hände in die Luft, jubelten und liefen kichernd zurück in die Klasse.

Mama, Clowns und Peinlichkeiten

Am nächsten Morgen krabbelte ich müde aus meinem Bett. Papa summte in der Küche und bereitete Frühstück vor. Zum Glück war heute Samstag. Keine Schule. Schnell kontrollierte ich meine Knubbel, die nicht größer als gestern zu sein schienen. Dann schaute ich auf mein Handy. Sarah hatte mir Videos geschickt, in denen es um gute Kusstechniken geht. Nicht schon wieder. Warum redeten plötzlich alle vom Küssen? Nicht nur Sarah.

Auch als wir gestern zurück in die Klasse kamen, hatten Jan, Tobias und Karim die ganze Zeit Witze darüber gemacht, dass wir deshalb alle so lange auf der Toilette gewesen waren, weil wir küssen geübt hätten. Aida hatte sie wütend angeschnauzt, dass wir nur wegen ihrer fiesen Liste auf dem Klo gewesen waren, aber ich konnte nur mit einem unangenehmen Knoten im Bauch und knallrotem Gesicht dasitzen. Bisher hatte ich küssen immer eklig gefunden. Zungen und Speichel, nee danke. Warum mussten die solche Sachen sagen? Ich wollte damit einfach nichts zu tun haben. Doch irgendwie war das Thema jetzt in meinem Kopf. Also tippte ich eine Nachricht an Ella, obwohl ich die Antwort eh schon wusste:

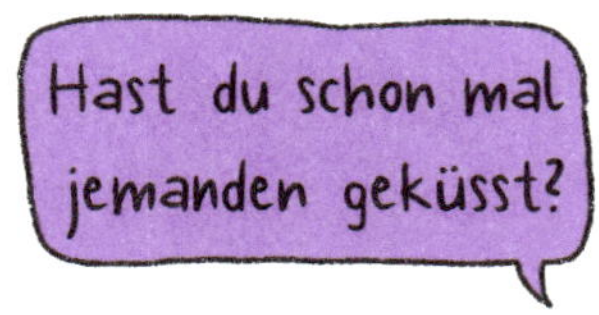

Ella antwortete in Sekundenschnelle.

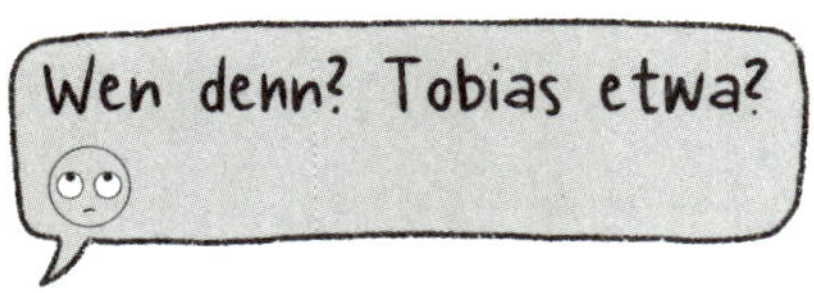

Ich grinste und schrieb:

und machte mich auf in Richtung Küche.

Dort roch es nach frischen Brötchen, Kaffee und der Holundermarmelade, die ich jedes Jahr mit Papa einkochte. Auch an Karamellbonbons versuchten wir uns regelmäßig, aber bisher leider ohne Erfolg. Im Hintergrund lief klassische Musik, lahm, und Papa tanzte mit … »Mama!«, rief ich laut. Meine Mama drehte sich um und strahlte. »Selma, meine Maus. Endlich bist du wach.« Überrascht lief ich auf sie zu. »Mama, was machst du denn hier?« Mama drückte mich an sich und streichelte mir übers Haar. Sie roch frisch geduscht, nach Kaffee und Zitrone. »Ich konnte spontan freinehmen«, lachte sie. »Schön«, murmelte ich und drückte mich noch fester an sie. Ihre langen dunklen Haare streiften mein Gesicht. »Leider nur einen Tag. Morgen muss ich schon wieder weiter, weil wir eine neue Flugstrecke testen. Deshalb habe ich Tickets für den Zirkus gekauft, der gerade bei uns gastiert, und wir machen heute einen Familientag.«

Ich ließ meine Arme sinken und wich zurück. Mein Magen verkrampfte sich und ich schaute meine Eltern wütend an. »Aber ich bin mit Yunus verabredet!«, rief ich empört. »Ja, aber Mama ist nur diesen einen Tag da«, sagte Papa und stellte einen Teller für mich auf den Tisch. »Da kann ich ja nichts dafür. Wir wollen Playstation spielen. Ich freu mich schon die ganze Woche darauf.«

»Ach Selma.« Mama setzte sich an den Tisch und legte ein Brötchen auf meinen Teller. »Das könnt ihr doch immer machen.«

»Gar nicht!«, brüllte ich laut. »Yunus hat voll selten Zeit und wir haben das schon ewig geplant. Außerdem hasse ich Zirkusse und bin nicht mehr acht und hab keine Lust auf Clowns und Ponys! Nur weil du nie da bist!«

Papa ließ erschrocken sein marmeladenverschmiertes Messer fallen. »Selma, warum brüllst du denn so laut?« Enttäuscht ließ ich mich auf einen Stuhl plumpsen, kreuzte meine Arme auf dem Tisch und legte den Kopf wütend hinein. Mama strich mir schon wieder über den Kopf, auch wenn ich das nicht leiden konnte. »Ach Spätzchen. Ich wäre wirklich traurig, wenn wir uns heute nicht sehen würden. Iss ein Brötchen, in 30 Minuten gehts los.« Entnervt rollte ich mit den Augen, auch wenn niemand mehr auf mich achtete. Für Papa und Mama schien die Sache erledigt zu sein. Frustriert biss ich in mein Brötchen und ergab mich meinem Schicksal.

Der Zirkus war der Horror. Ich hatte noch nie so schlechte Laune gehabt. Keine Ahnung, wo die so plötzlich herkam, aber ich redete weder mit Mama noch mit Papa ein Wort. Die fröhliche Stimmung, das Popcorn, die Musik und die kleinen Kinder störten mich. Das alles passte nicht zu meiner Wut im Bauch, die einfach nur in Ruhe gelassen werden wollte.

Als ein Clown noch vor dem Beginn der Vorstellung auf mich zu torkelte und mit einem Stift vor meiner Nase herumfuchtelte, während er immer wieder aufgedreht: »Willst du auch einen roten Punkt auf die Nase?« rief, hätte ich ihn am liebsten gehauen. »Nein,

nein, nein, nein!« Ich drehte mich weg, doch die Clownshand verfolgte mich penetrant. Ihr Besitzer schrie dabei immer weiter den gleichen Satz. Als er immer näher kam und sein Stift schon fast meine Nase berührte, brach es schrill aus mir heraus: »Nein heißt Nein!« Der Clown wich erschrocken zurück und hob abwehrend die Hände. »Na dann halt nicht«, sagte er und lief einer Horde Kindern hinterher.

Ha! Der Selbstverteidigungskurs, den Ella und ich vor einer Weile gemacht hatten, brachte also doch was. Mama dachte das anscheinend nicht. »Warum bist du denn so unhöflich, Selma?« Sie sah mich empört an. »Das war doch nur Spaß.«

»Ich fand es halt nicht lustig«, antwortete ich giftig, drehte mich weg und trampelte in Richtung Zirkuszelt. Hinter mir hörte ich Papa: »Also es ist aber doch gut, wenn sie Nein sagt.«

»Ja schon, aber seit wann ist sie denn so unhöflich?«

»Das ist die Pubertät«, antwortete Papa nachsichtig. Ich blieb stehen und drehte mich zu ihnen um. »Nein, das war ein scheiß Clown!«, brüllte ich und nahm dann wieder Tempo auf. Bloß weg von den beiden. »Siehst du«, sagte Mama. »Das ist doch keine Ausdrucksweise.«

Während der Vorstellung schaute ich die ganze Zeit auf mein Handy und schrieb mit Yunus. Zum Glück hatte er auch morgen Zeit. Die Akrobat*innen und das ganze Getanze und Gesinge interessierten mich nicht. Papa und Mama sahen enttäuscht zu mir hinüber und auch wenn ich ein schlechtes Gewissen hatte, weil die Karten bestimmt teuer gewesen waren, konnte ich mich nicht zusammenreißen. Mich hatte schließlich überhaupt niemand gefragt, ob ich herwollte.

Als eine Artistin ein Kind suchte, das eine Runde mit ihr auf dem Pony durch die Manege drehen wollte, sahen die beiden mich auffordernd an. »Du reitest doch gerne!« Ich sah sie entgeistert an. Ich hatte genau ein Mal auf einem Pferd gesessen. Vor fünf Jahren.

Da war ich sieben und das Pferd war auch streng genommen kein Pferd, sondern ein Esel. Zudem konnte ich mir nichts vorstellen, was mir unangenehmer gewesen wäre, als vor hunderten von Leuten auf diesem Pony da unten zu sitzen. »Tierquälerei«, zischte ich und grub mich tief in meinen Sitz. Mama schnaufte und Papa wackelte mit dem Kopf, so als wäre er sich nicht sicher, ob er Ja oder Nein sagen wollte.

Nach dem Zirkus gingen wir in das kleine Restaurant in der Nähe unserer Wohnung. Der Keller, in dem wir saßen, sah aus wie eine Tropfsteinhöhle. Das fand ich schon immer toll. Während Papa Pizza für uns alle bestellte und mit dem Kellner herumalberte, stocherte Mama gedankenverloren in der Kerze vor uns auf dem Tisch herum. Früher hatte sie mir immer Tiere aus dem Wachs geformt. Eine kleine Sammlung mit einem Fisch, einem Vogel und einem Pferd hatte ich immer noch in meiner Nachttischschublade. Mama sah mir tief in die Augen. Ich schaute schnell weg. Was war denn jetzt? »Hör mal Selma, es gibt da ein paar Sachen, über die ich mit dir sprechen möchte.« Panik ergriff mich. Heute konnte ich echt kein ernstes Gespräch ertragen. »Ich muss aufs Klo«, sagte ich und erhob mich hastig, wobei mein Stuhl unangenehm laut auf den Boden polterte. »Ist echt dringend!« Entschuldigend hob ich die Hände und stürmte in Richtung Toilette. Dort angekommen wunderte ich mich über mich selber, aber ich wollte doch einfach nur in Ruhe gelassen werden. Ich ging aufs Klo. Auch wenn es nicht dringend war, musste ich tatsächlich. Ella hatte mir mal erzählt, dass sie alle Klos, außer das zu Hause, eklig fand. In der Schule legte sie immer stapelweise Toilettenpapier auf die Brille, bevor sie sich setzte. Ich hatte das auch schon probiert, aber das Papier war rechts und links heruntergerutscht, also ließ ich es und setzte mich einfach immer so auf die Klobrille.

Yunus' Mutter Mina hatte mir beim letzten Besuch erklärt, dass es wichtig ist, sich richtig hinzusetzen, da sonst die Harnröhre so komisch abknickt, also wenn man sich ungemütlich auf die Klobrille hockt. Und das sei nicht gut und könne Entzündungen hervorrufen, denn dann komme nicht alles raus. Yunus' Mutter war keine Ärztin, aber so was in der Art, und sie wusste viel über den Körper und auch wenn es manchmal peinlich war, erzählte sie einem immer wieder eine Menge darüber. Mama hatte jedenfalls mal eine Blasenentzündung gehabt und sie hat echt gelitten. Da hatte ich keinen Bock drauf. Deshalb setzte ich mich doch immer gut hin.

Also tat ich das auch heute, aber als ich einen Blick in meine Unterhose warf, wurde mir schlecht. Oh nein, nein, nein! Was war das? Ein kleiner, rotbrauner Fleck. In der Mitte meiner Unterhose. Nicht auch noch das. Aber vielleicht war es das ja gar nicht. Tränen stiegen mir in die Augen. »MAAAA-MAAAAA!!!!!!«, brüllte ich. Dann schlug ich mir erschrocken die Hand auf den Mund, weil ich ganz vergessen hatte, dass ich nicht zu Hause, sondern in einem Restaurant war. Anscheinend hatte man mich gehört, denn nur einige Sekunden später kam meine Mama angerannt und rief panisch durch die Klotür: »Selma, Schatz. Ist etwas passiert?«

»Ja, nee. Weiß nicht«, sagte ich zerknirscht. »Was ist denn?« Mama atmete tief ein und aus. »Hast du dich verletzt?«

»Nee ... aber ich ... blute. Glaube ich.«

Mama schien zu verstehen und beruhigte sich. »Willst du mich kurz reinlassen?« Ich wollte schon »Nein« brüllen, riss mich aber zusammen und öffnete die Tür. Mama warf einen Blick in meine Unterhose, die ich ihr mit zugekniffenen Augen hinhielt. Die Pubertät war einfach nur eine Aneinanderreihung von Peinlichkeiten. »Ja, mein Spatz, da hast du wohl heute deine Tage bekommen.« Entsetzt sah ich sie an. Auch wenn ich es schon irgendwie geahnt hatte, hatte ich doch auf eine andere Erklärung gehofft.

INFOS ÜBER DIE

BLASE

DIE BLASE BEFINDET SICH BEI MÄDCHEN ODER MENSCHEN MIT VULVA HIER:

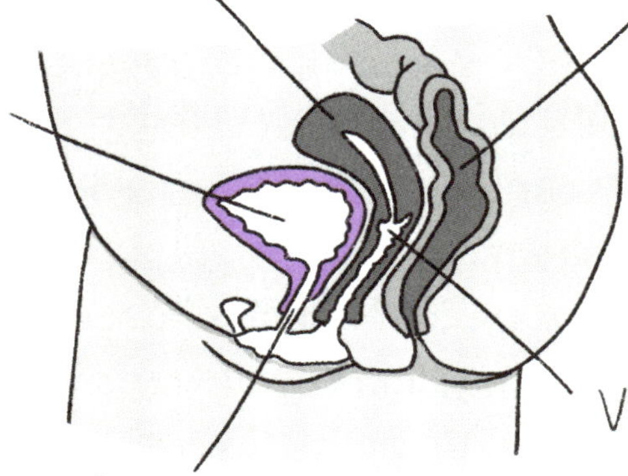

PROBLEME MIT DER BLASE?

DIE HARNRÖHRE IST RECHT KURZ, WODURCH BAKTERIEN SCHNELLER IN DIE BLASE GELANGEN

z.B. Blasen-entzündung

TIPPS:

IMMER VON VORNE NACH HINTEN ABWISCHEN

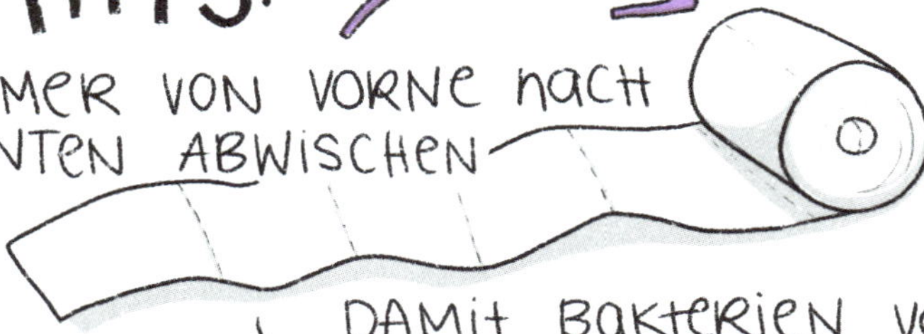

→ DAMIT BAKTERIEN VOM DARM NICHT IN DIE HARNRÖHRE GELANGEN

UND:

AM BESTEN NICHT IN DER HOCKE PINKELN, SONDERN HINSETZEN!

die Muskulatur verkrampft sonst

die Blase wird nicht ganz entleert

DU MUSST SONST ÖFTER AUF DIE TOILETTE!

UND: viel Wasser trinken + nur aufs Klo, wenn du wirklich musst ☺

»Das ist doch toll.« Sie strahlte mich an. »Du wirst jetzt eine Frau. Das sollten wir feiern. Wollen wir nach dem Pizzaessen shoppen gehen?«

»Was? Nein!«, rief ich empört. »Du willst nicht shoppen gehen?«, fragte Mama irritiert. »Doch!«, sagte ich. »Aber ich will keine Frau werden! Doch nicht jetzt. Ich bin zwölf. Und das ist doch kein Grund zu feiern. Wenn ich blute. Das ist beschissen, ist das!«

Jetzt liefen die Tränen. Mama seufzte und streichelte mir über den Arm »Ach Selma. Ja, das verstehe ich. Als ich meine Periode bekommen habe, hat meine Mutter mir eine Binde hingehalten und dann nie wieder ein Wort mit mir darüber gesprochen. Deshalb möchte ich, dass wir es anders machen. Wie wäre es, wenn wir gemeinsam ein paar Produkte einkaufen gehen, zum Beispiel Binden oder Tampons? Womit du dich wohlfühlst, finden wir schon heraus. Und dann bummeln wir noch ein bisschen durch die Stadt und essen ein Trosteis?« Ich schniefte und wischte mir die Tränen mit dem Handrücken weg. »Ja, ok. Papa hat mir schon so Sachen gekauft, aber ich weiß gar nicht, wie man das benutzt«, murmelte ich und Mama hielt mir etwas Klopapier hin, das sie zusammengefaltet hatte. »So lange kannst du das in deine Unterhose legen, da passiert nichts. Alles ist gut.«

»Na toll«, sagte ich und nahm das Klopapier.

Am Abend brachte Mama mich ins Bett. Der restliche Tag mit ihr war wirklich schön gewesen. Sie kaufte mir ein neues Shirt und wir aßen tatsächlich sehr viel Spaghetti-Eis. Früher konnten wir das nie machen. Einfach mal shoppen gehen. Papa hatte lange keinen Job gehabt und Mama sehr schlecht verdient. Als Mama ein Angebot bei einer Fluggesellschaft bekam, hatte sich dies geändert. Wir hatten plötzlich mehr Geld und Klassenausflüge, Shopping oder Kino waren nicht mehr so ein Problem. Dafür war Mama nie da. Ich kuschelte mich in mein Knuddelkissen, das die Form

einer Erdbeere hatte, und fragte mich, was besser war: Geld oder Mama?

In diesem Moment kam sie mit einem zaghaften Klopfen in mein Zimmer. »Ich wollte mich noch kurz verabschieden.«

»Ach ja, stimmt. Du bist ja morgen weg«, grunzte ich in mein Kissen.

»Genau. Ich muss ganz früh raus.« Mama seufzte tief. »Mein Spätzchen«, fing sie an, »kann es sein, dass du ziemlich sauer bist, weil ich so selten da bin?« Ich drückte mich noch tiefer in mein Kissen. »Vielleicht«, flüsterte ich. »Das verstehe ich.« Sie seufzte erneut und setzte sich an den Bettrand. »Ich wäre auch gerne öfter da, aber im Moment geht es einfach nicht.« Ich schwieg. »Ich habe vorhin mit Papa geredet. Wir wollen schauen, dass ich bald reduzieren kann. Das wäre doch schön, oder? Ich muss noch ein Projekt fertigmachen, aber dann wäre es vielleicht möglich.« Ich schwieg immer noch und drückte Erdbeerli fest an mich. Zugegeben, das war nicht der kreativste Name *ever*, aber ich hatte das Kissen seit ich fünf war und mehr konnte man da ja auch wirklich nicht erwarten. »Und nächstes Mal komme ich länger und du musst nicht alles umplanen, ok?«

»Ok«, grummelte ich. »Ist ja auch nicht so schlimm.«

»Doch Selma. Du darfst ruhig wütend sein.« Mama gab mir einen Kuss auf den Hinterkopf. »Auch Erwachsene machen nicht immer alles richtig. Ich hab dich lieb und würde dich gerne viel öfter sehen.« Mama streichelte mich. »Ich dich auch. Beides.« Mama lächelte. »Hast du eigentlich Unterleibsschmerzen? Das kann manchmal passieren, wenn man seine Periode hat. Ich kann dir eine Wärmflasche machen, wenn du willst?« Ich schüttelte den Kopf. »Ich hab keine Schmerzen, danke. Aber du Mama, sag mal. Das kommt jetzt echt jeden Monat, oder?« Sie nickte. »Ja das kann schon anstrengend sein, aber es ist auch der Grund, dass ich dich bekommen konnte, und das ist ziemlich schön.« Ich brummte, dass ich aber jetzt keine Kinder wollte, und Mama lachte. »Na das will ich hoffen. Frag mich ruhig, wenn du noch was wissen willst.«

»Warum hat man manchmal Schmerzen?« Mama überlegte kurz. »Das Ganze kann für den Körper sehr anstrengend sein. Da sind eine Menge Hormone im Spiel. Hormone sind sehr wichtig. Sie werden in uns allen produziert und sorgen dafür, dass wir Angst oder Freude empfinden. Aber sie sind auch dafür zuständig, dass wir zum Beispiel Bärte bekommen oder Brüste. Dadurch, dass Hormone unsere Körper beeinflussen, können wir auch schwanger werden, aber wenn das Ei nicht befruchtet wird, wird das ganze Blut abgestoßen. Dann krampft sich manchmal alles zusammen.« Ich schüttelte mich. »Und warum ist da überhaupt Blut?«

»Habt ihr das nicht in der Schule gelernt?« Mama sah mich erstaunt an. »Hab nicht zugehört. Oder wollte nicht oder hab es nicht verstanden«, gab ich zu. »Ok«, sagte Mama. »Das ist ein bisschen kompliziert. Aber das Ei, das jeden Monat durch den Eierstock wandert, könnte ein Baby werden. Und der Körper baut dafür eine Art Nest. Wenn das Ei kein Baby wird, also wenn es nicht mit

Sperma in Berührung kommt, dann wird das Nest aus dem Körper gespült und ja, das ist dann das Blut. Aber wenn man Sex ohne Verhütung hat …« Ich hielt mir die Ohren zu. »Genug für heute!«, sagte ich schnell. »Darüber können wir aber auch gerne reden«, sagte Mama. »Jaja.« Ich drehte mich auf den Bauch und schloss die Augen. »Aber nicht jetzt.« Langsam fielen mir die Augen zu. »Gute Nacht«, hörte ich Mama noch sagen. Dann war ich eingeschlafen.

INFOS ÜBER DIE

PERIODE

DIE ERSTE PERIODE HAT KEIN FESTES ALTER

viele bekommen sie mit 12 Jahren

aber auch mit 9 Jahren

oder mit 16 Jahren

DAS IST ALLES NORMAL!

Die erste Periode zeigt an, dass man ab jetzt FRUCHTBAR ist

ALSO

theoretisch ein

bekommen kann

ca. 1x im Monat wird nun eine Eizelle aus dem Eierstock durch den Eileiter transportiert

durchschnittlich alle 28 Tage → Zyklus

die Periode dauert ca. 3-7 Tage

UTERUS:

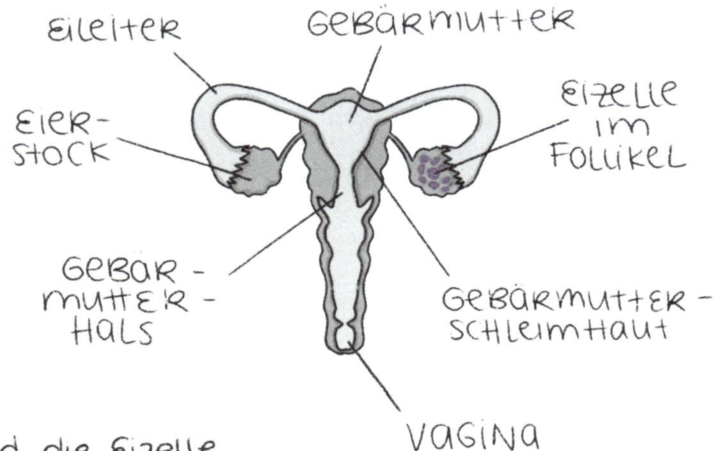

wird die Eizelle nicht befruchtet, wird sie mit Blut herausgespült

↓

DAS IST NICHT SCHLIMM!

das Blut ist wie ein weiches Nest, das die Gebärmutter für ein mögliches Baby vorbereitet hat!

Rapper und Kekse 

Am nächsten Morgen schlich ich mich als Erstes angespannt ins Badezimmer. Ich hatte mich dazu entschieden, Binden zu benutzen. Alles andere fand ich dann doch erstmal zu unangenehm. Nervös schloss ich die Tür hinter mir ab und ging mit einem Ziehen im Bauch in Richtung Toilette. Ich atmete tief durch. Nun musste ich wohl einen Blick in meine Unterhose werfen und die Binde wechseln. Pfui Spinne! Wer hatte sich das ausgedacht mit diesem Bluten? Mama erzählte mir zwar gestern, dass es toll ist und ein Wunder und wir deshalb Babys bekommen können und so, aber echt jetzt, darauf konnte ich verzichten. Keine Babys mit zwölf, bitte. Und später vielleicht auch nicht. Und wenn doch, warum musste ich bis dahin jeden Monat bluten? Fand ich nicht so wundervoll. Aber nun gut. Da musste ich durch. Plötzlich entdeckte ich, dass Mama oder Papa Tampons und Binden in kleine, bunte Kisten sortiert und daneben ein paar Comic-Figuren und Blumen gestellt hatte.

Erschrocken nahm ich die Kisten und stopfte sie mit rotem Kopf hinter die Handtücher. Bloß weg damit. Mussten ja nicht gleich alle sehen. In dem Moment klopfte es zaghaft an die Tür. In dieser Wohnung konnte man wirklich keine zwei Minuten alleine sein. »Waaas?«, rief ich genervt.

Papa flüsterte durch die Tür: »Ich will dich nicht stören, aber …«

»Papa!«, unterbrach ich ihn. »Wenn du flüsterst, höre ich dich nicht.«

»Ah ja.« Papa räusperte sich und sprach lauter: »Ich habe dir alles, was ihr, also ehm, gestern gekauft habt, hingestellt. Hast du gesehen?«

»Ja, und jetzt hätte ich gerne meine Privatsphäre«, schnauzte ich. Sofort hatte ich wieder Gewissensbisse, aber wenigstens im Bad wollte ich meine Ruhe haben. »Ja sicher«, antwortete Papa und ging davon. »Danke!«, rief ich ihm noch hinterher, da ich wusste, dass er sich ja nur Mühe geben wollte. Aber da musste ich jetzt alleine durch.

Einige Stunden später saß ich bei Yunus im Zimmer und wir spielten endlich Playstation. Die Binde zu wechseln war nicht allzu schlimm gewesen. Ich hatte es einfach schnell hinter mich gebracht – die alte eingerollt, mit der Klebeseite nach außen, dann ab in den Mülleimer, die neue eingelegt und fertig. Nun tat ich so, als wäre nichts, und hatte trotzdem ein bisschen Angst, dass Yunus mir irgendetwas anmerken könnte. Können andere sehen, wenn man die Tage hat? Oder es riechen? Oh, oh … Ich schielte zu ihm rüber, aber er war völlig auf unser Spiel konzentriert und schien nichts bemerkt zu haben. Er strich sich eine Locke aus der Stirn und rief: »Mann, Selma. Konzentrier dich mal!« Schnell schaute ich wieder auf den Bildschirm

und sah, dass ich bereits einige Herzen verloren hatte. Mist!

Yunus und ich wohnten schon ewig im selben Haus. Es war eine Art kleine Hochhausanlage mit einem Park und einem Spielplatz. Dort hatten wir früher Fangen gespielt, aber eigentlich hatten Yunus und ein paar andere mich und meine Freundin ständig gejagt und geärgert. Als er mir eines Tages mein neues Haargummi klaute, trat ich ihm wütend zwischen die Beine. Er war daraufhin so sauer, dass er dasselbe tat, und so saßen wir danach eine Stunde gekrümmt nebeneinander und hatten die schlimmsten Schmerzen überhaupt. Das hatte echt sau wehgetan. So lernten wir, dass alle Menschen Schmerzen haben, wenn man ihnen zwischen die Beine tritt, und dass wir so etwas niemals wieder machen wollten, und wurden durch dieses Versprechen beste Freunde. Seitdem sahen wir uns fast jeden Tag. Nur in letzter Zeit hing er immer häufiger mit den Jungs aus der Klasse rum und auf die hatte ich echt keinen Bock. Er sagte zwar, er habe auch nicht so viel

Bock drauf, aber da seine Mutter so entspannt war, wollten alle zu ihm nach Hause.

Mina war wirklich sehr nett. Und neben Tipps zum Thema Aufs-Klo-Gehen konnte sie sehr gut kochen und hatte immer einen guten Rat. »Was ist Mina noch mal von Beruf?«, fragte ich Yunus. »Oh Selma. Kannst du dir das nicht mal merken?« Mina war ihm immer etwas peinlich, weil sie so offen über alles redete. »Ich kann mir das nicht merken.« Er starrte mit rotem Kopf auf den Bildschirm und ignorierte mich. Ich stieß ihm in die Rippen. Ich konnte mir den Beruf wirklich nicht merken, aber es machte auch Spaß, ihn damit zu ärgern. Also stieß ich weiter. »Komm schon. Sag mal!«

Yunus presste »Sexualpädagogin« durch die Zähne. »Und was macht sie da noch mal?«, ärgerte ich ihn weiter. Yunus schwieg. Ich fing an ihn zu kitzeln und er drückte wütend meine Hände weg, lachte aber auch ein bisschen dabei. »Mann, die geht in Schulklassen und erklärt denen alles über den Körper und so. Und jetzt spiel halt endlich.

Du stirbst gleich.« Was? Erschrocken sah ich auf den Bildschirm und schob mir parallel einen Keks in den Mund. »Zu spät«, Yunus stöhnte frustriert. »Wir haben verloren.«

»Sorry!« Kekskrümel flogen mir aus dem Mund und ich schlug hastig meine Hand davor. »Ups.« In diesem Moment piepste mein Handy. Ella hatte gestern eine Detektivinnen-Gruppe angelegt:

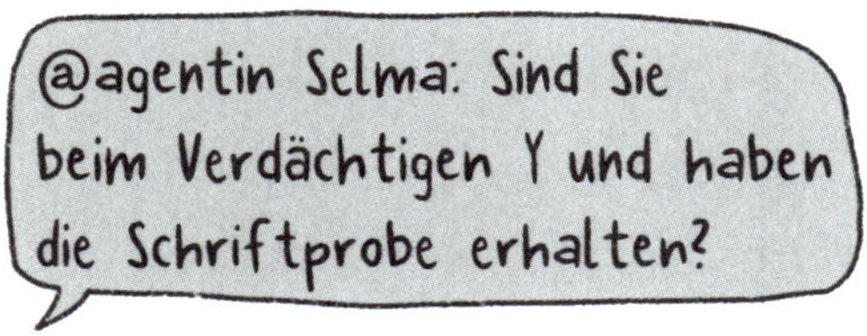

Stimmt, das musste ich ja auch noch erledigen. In der Schule hatte ich es nicht geschafft, deshalb hatte Ella vorgeschlagen, einen Zettel aus Yunus' Zimmer zu klauen. Ich schielte umher und suchte nach einem Papier, auf das Yunus etwas geschrieben hatte. Dabei tippte ich:

»Was machst du da?«, fragte Yunus, als ich mich nach vorne beugte, um unter seinen Schreibtisch zu schauen. Er warf andauernd Dinge auf den Boden anstatt in den Mülleimer. Mina und er stritten sich darüber jeden Tag. Vielleicht war ja ein Zettel dabei? »Ach so eh, nichts!« Ich setzte mich hastig wieder auf. Dann streckte ich ihm den leeren Teller hin. »Kekse sind alle. Hol mal Nachschub.« Yunus nahm den Teller und zuckte mit den Achseln. »Ja Chef!« Er salutierte und ging hinaus. Ha! Ich war eine Spitzendetektivin. Schnell rappelte ich mich vom Boden hoch und untersuchte Yunus' Schreibtisch. Schulaufgaben ... die konnte ich nicht mitnehmen. Und ein Haufen bunter Zettel mit ... Reimen? »Schreibst du Gedichte?«, fragte ich Yunus, der gerade mit neuen Keksen zurückkam. »Spinnst du, nein!«, rief er und lief erneut rot an. »Das sind Raptexte, ok?« Er zog sich die Kapuze seines Hoodies über die Stirn, riss mir die Zettel aus der Hand und stopfte sie in eine Schublade. »Privat«, sagte er und schloss die Schublade mit einem Wumms.

Mit diesem erschien Mina in der Tür und lächelte. Sie trug ein buntes Tuch im Haar und große Ohrringe. Dazu ein buntes Kleid. »Hey Selma«, lächelte sie freundlich. »Hi«, grüßte ich zurück und ließ mich auf den Schreibtischstuhl hinter mir gleiten. »Yunus, Tobias und Karim sind da.« Sofort sprang ich wieder auf. Yunus schaute auf sein Handy. »Oh Mann. Ganz vergessen.«

»Ich dachte, wir sind heute verabredet? Du hast doch gesagt, du findest die blöd, weil sie nur über Muskeln und so Zeug reden.«

»Ja. Na ja.« Yunus schielte auf die Schublade vor sich. »Wir wollten etwas aufnehmen.« Ich schaute verständnislos. »Ach so, die Gedichte.« Yunus wurde wieder rot. »Das sind keine Gedichte!«, wiederholte er genervt. »Na gut, dann geh ich. Wenn du lieber Dichter werden willst, als mit mir rumzuhängen.«

Ich schnappte mir noch einen Keks und ging enttäuscht an Mina vorbei, während ich leise »Tschüss« murmelte. »Rapper!«, rief Yunus mir hinterher. »Wir können ja morgen nach der Schule wieder was machen.«

Daraufhin zuckte ich mit den Schultern und ging zur Haustür. Tobias, der mir entgegenkam, rempelte mich absichtlich hart an. Als ich ihn böse ansah, hob er die Hände und lachte: »Versehen.« Als ob! Leider fiel mir keine gute Beleidigung ein. Hinter ihm kam Karim durch die Tür. Er lächelte und schaute schnell auf den Boden. »Hi.« Ich rieb mir die Schulter und wich vorsichtshalber etwas zurück. »Lass mich bloß in Ruhe«, grummelte ich und zog meine Schuhe an. »Ok«, sagte Karim freundlich und winkte, bevor er in Yunus' Zimmer verschwand. Was war denn mit dem los? Verwirrt nahm ich meine Jacke und sah nochmal Richtung Zimmertür. »Ciao Selma«, sagte Mina. »Lass dich nicht von Tobias ärgern. Und lass dir bloß nie einreden, dass Jungs, die fies zu dir sind, dich mögen. Jungs, die einen wirklich mögen, sind nett zu einem. Und wenn sie doch fies sind, sind es nicht die Richtigen.«

Sie zwinkerte und verschwand in die Küche. Hä? Mir wurde unangenehm warm. Karim war nett zu mir gewesen. Aber … in diesem Moment piepste erneut mein Handy:

Grinsend zog ich einen der bunten Zettel aus meiner Hosentasche und fotografierte ihn.

Anna und Aida schickten Emojis zurück.

Ein Tag voller Geheimnisse

Am Montagmorgen war wieder Schule, würg, und ich schlenderte mit Yunus gemeinsam von zu Hause aus los. Wir schafften es selten, zusammen zu gehen, da ich konsequent zu spät dran, Yunus aber immer überpünktlich war. Doch heute hatte ich es ausnahmsweise gepackt, früh aufzustehen, und Papa hatte sogar daran gedacht, mir Brote für die Schule zu schmieren. Wir waren beide sehr stolz auf uns gewesen. Nun plapperte ich auf Yunus ein und fragte ihn unauffällig über die Liste aus. Ella hatte mir heute ganz früh diesen neuen Auftrag erteilt. UNAUFFÄLLIG hatte sie großgeschrieben. Mmmh, ok.

»Eh Yunus. Ich wollte mal was fragen, ist aber überhaupt nicht so wichtig, aber ehm, also in letzter Zeit haben da vielleicht

Karim und Tobias, Jan und so, also haben die vielleicht ... nee. Also ...« Das war alles andere als unauffällig, aber Yunus schien mir sowieso nicht zuzuhören. Er schaute mit rotem Kopf auf sein Handy, zog es aber schnell weg, als ich zu ihm rübersah. »Was ist?«, fragte ich. »Ach nichts«, nuschelte er. Sein Handy blinkte schon wieder. Er sah sich die Nachricht an und stöhnte etwas verzweifelt. »Was ist denn?« Ich bohrte weiter und versuchte einen Blick zu erhaschen. »Keine Ahnung. Egal.« Yunus war immer noch knallrot. »Jetzt sag doch.«

»Ok, aber du musst schwören, es nicht zu verraten.« Ich hob meine Hand und sagte feierlich: »Ich schwöre!«

Yunus hielt mir beschämt sein Handy hin. Tobias hatte Fotos geschickt mit ... »Ist das Lilith?«, rief ich. Lilith war in unserer Parallelklasse und ich wusste, dass viele Jungs sie toll fanden. Auf dem Foto trug sie einen Bikini und schaute so, als wüsste sie nicht, dass sie fotografiert wurde. Ich scrollte weiter. Das nächste Foto zeigte nur noch Liliths

Ausschnitt ... »Boah, was?« Ich sah Yunus schockiert an. »So was machst du?«

»Was? Nein!!«, rief Yunus und wollte mir das Handy wieder abnehmen. Schnell leitete ich mir ein Foto weiter. Beweisaufnahme! Vielleicht würde Frau Hübner uns ja jetzt helfen.

Yunus entwand mir sein Handy, hatte aber nichts gemerkt. »Ich hab die gerade geschickt bekommen. Ich hab das nicht gemacht. Mama würde mich umbringen. Sie hat mir letztens einen elend langen Vortrag darüber gehalten, dass Mädchen selbst entscheiden, was sie mit ihrem Körper machen und wer ihn sehen darf, und dass Nacktbilder verschicken sogar strafbar ist.« Er rollte mit den Augen. Ich blieb empört stehen. »Ja, da hat sie doch recht. Wie fändest du es, wenn ich mal Fotos von dir versende in deiner kleinen Badehose?« Als Kinder gingen wir häufig gemeinsam schwimmen und Yunus trug eine enge Badehose mit Dinosauriern darauf, obwohl er sich schon damals Boxershorts

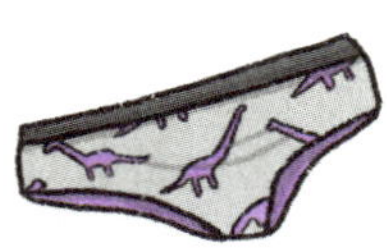

gewünscht hatte. »Die trage ich schon lange nicht mehr«, antwortete er und fügte hinzu: »Und das mit den Fotos bekommt doch eh keiner mit.« Langsam war ich echt genervt. »So was geht doch voll schnell rum. Sag Tobias, er soll die Fotos sofort löschen!« Yunus wand sich wie ein Wurm. »Können wir das nicht lieber vergessen? Ich zeig sie niemandem und schick sie auch nicht weiter.« Wütend sah ich ihn an, drehte mich weg und stapfte in Richtung Schule. »Auf dich ist echt Verlass«, rief ich über meine Schulter. »Und das Schwören nehme ich zurück.«

Auf dem Schulhof angekommen suchte ich hektisch nach den anderen. Ella entdeckte ich als Erste. Ich fuchtelte wild mit den Händen und rief: »Mrs. Holmes, Detektivinnen-Club-Treffen jetzt! Dringend!« Ella reagierte sofort und zeigte mir zwei Daumen nach oben. »Ich trommel die anderen zusammen. In zwei Minuten in der Zentrale … also auf dem Klo,« rief sie noch und verschwand im Getümmel.

Ich machte mich auf zu den Mädchenklos und lief Jan und Tobias in die Arme. »Na, habt ihr eins euer bescheuerten Klotreffen«, lachte Jan. Ich sah sie streng an und antwortete: »Das geht euch gar nichts an. Wir werden euch überführen. Macht euch auf was gefasst.« Tobias strich sich die Haare zurück und grinste. »Heult ihr immer noch rum wegen der Liste? Wir haben damit nichts zu tun und ihr seid nur hysterisch, weil ihr wenige Punkte bekommen habt.« Ich sah sie sauer an, während sie sich kichernd in die Seiten stießen. Ich wollte etwas sagen, aber mir fiel einfach nichts ein. Lachend liefen sie weg und schubsten sich gegenseitig gegen andere Schüler*innen. Ich verdrehte die Augen und ärgerte mich über meine Sprachlosigkeit. Warum ist mir nichts Schlaues eingefallen? Genervt öffnete ich die Tür zu den Klos und sicherte uns eine Kabine. Die Beweise, also den Zettel von Yunus und mein Handy mit dem Foto, legte ich ordentlich auf dem Spülkasten bereit. Diese Detektivinnensache fing an mir richtig Spaß zu machen.

»Agentin Selma?«, rief Anna. »Hier hinten«, antwortete ich und steckte meinen Kopf aus der Kabine. Sie lächelte und kam auf mich zu. An ihren Beinen, die in einer kurzen Hose steckten, entdeckte ich mehrere Pflaster. »Was ist da passiert?«, fragte ich und zeigte auf ihre Beine. Anna ließ die Mundwinkel hängen und blickte sich hektisch um. »Wir sind alleine«, sagte ich. Sie seufzte und ihr stiegen schon wieder Tränen in die Augen. »Ich hab probiert mir die Beine zu rasieren. Ist aber total schiefgegangen. Hab mich überall geschnitten. Meine Mutter hat es gesehen und war total sauer, weil ich ihren Rasierer benutzt habe. Außerdem schimpfte sie, dass ich viel zu jung bin, um mich zu rasieren. Zur Strafe hat sie mich gezwungen eine kurze Hose anzuziehen. Hab mir dann die Pflaster auf die Wunden geklebt. Besser als nichts.«

Sie sah mich traurig an. Ich war sprachlos und brachte nicht mehr als ein »Oh« heraus. In diesem Moment stießen Aida und Ella zu uns. Aida sah Ellas Tränen und nahm sie in die Arme. »Was ist

los?« Anna wiederholte ihre Geschichte und Aida drückte sie noch ein bisschen fester. »Manchmal sind Erwachsene so ätzend«, sagte sie und wischte Anna die Tränen weg. »Tut mir leid, das sagen zu müssen, aber deine Mutter ist echt eine blöde Kuh.« Ella und ich schauten irritiert, aber Anna musste lachen und nickte.

RASIEREN

wie geht das eigentlich?

immer = in = Haarwuchs-richtung!

Benutze eine geschützte Klinge

und Rasierschaum oder Bodylotion

Besser nicht zu oft rasieren!

Deine Haut muss sich danach erstmal beruhigen!

ABER:

Es ist NICHT unhygienisch Haare zu haben!

man riecht auch nicht stärker nach Schweiß

Haare schützen unsere Haut

»Das Gefühl habe ich in letzter Zeit auch öfter. Sie ist einfach total streng. Mein Papa auch. Außerdem ist es zu Hause …« In diesem Moment betraten mehrere Mädchen laut plappernd die Toilette und Anna verstummte.

Wir warteten, bis sie weg waren, dann sagte Ella: »Agentin Selma hat Neuigkeiten für uns?« Ich nickte feierlich und zeigte stolz den Zettel mit Yunus' Handschrift. »Außerdem gibt es ein weiteres … Verbrechen.« Ella nickte eifrig. »Tobias hat Fotos verschickt. Von Lilith. Im Bikini. Auf einem sieht man nur ihre … eh … Brüste, also im Bikini, aber rangezoomt.« Aida schnaufte vor Wut und Anna schüttelte den Kopf. Ella schien beschämt zu sein und guckte angestrengt auf den Boden.

»Zeig her!«, rief Aida und wir scharten uns um mein Handy. »Das Foto hab ich mir heimlich von Yunus' Handy weitergeleitet. Ich werde noch eine richtig gute Detektivin.«

»Krass«, sagten Aida und Anna im Chor, während sie weiter auf die Fotos starrten und ein bisschen verlegen kichern mussten. Ella schaute uns ernst an. »Ich finde nicht, dass wir uns das jetzt ansehen müssen, weil wir dann ja nicht besser als die blöden Jungs sind.« Schnell ließen wir vom Handy ab und ich steckte es zurück in meine Hosentasche. Niemand sagte etwas.

»Lilith ist echt toll und fände das bestimmt nicht gut«, sagte Ella und blickte wieder auf den Boden. »Kennst du sie?«, fragte ich neugierig. Ella schaute noch angestrengter nach unten. »Ein bisschen.« Ich hätte gerne nachgefragt, traute mich aber nicht und schlug stattdessen vor: »Wir könnten die Bilder Frau Hübner zeigen. Vielleicht hilft sie uns dann.« Aida schüttelte den Kopf. »Die können wir vergessen!« Anna nickte und Ella ebenso. »Wir sollten das selbst in die Hand nehmen. Wenn wir alle Schriftproben haben, können wir die Jungs vielleicht gleich wegen zwei Verbrechen überführen und dann denken wir uns etwas aus.«

Ella hatte endlich wieder ihren Mrs.-Holmes-Blick aufgesetzt. »Ja!«, rief ich erfreut und Aida zog zwei zusammengefaltete Zettel aus ihrer

Schultasche. »Anna und ich haben Zettel mit Jans und Tobias Handschrift besorgt.« Ella nahm sie begeistert an sich und steckte sie ordentlich in ihre Tasche, in der sie auch schon Yunus' Zettel untergebracht hatte. »Gut gemacht. Ich lege sie zu den Akten. Jetzt brauchen wir nur noch Karim. Jens und Eugen habe ich bereits ausgeschlossen. Agentin Selma, könntest du das noch übernehmen?« Ich lief rot an und stotterte. »Wa... warum denn ich?« Ella zuckte mit den Schultern. »Warum nicht? Du hast super Detektivinnen-Arbeit geleistet und ich dachte, ein neuer Auftrag wäre ok für dich. »Ja, eh, warum nicht.« Jetzt schaute ich auf meine Schuhe, während die anderen mich neugierig ansahen. Zum Glück läutete es in diesem Moment und wir packten rasch unsere Sachen zusammen, um es pünktlich in die Klasse zu schaffen. Während wir über den Flur rannten, keuchte Anna: »Wenn Selma jetzt Agentin geworden ist, kann ich dann Watson sein?« Ella keuchte ebenfalls: »Klar!« »Dann bin ich Spionin Aida«, rief Aida und sprintete an uns vorbei. Ich hing allen hinterher. Sport war echt nicht meine Stärke. »Wartet«, schrie ich und hechtete den anderen hinterher ins Klassenzimmer.

Nach der Schule sah ich Ella mit Lilith sprechen und wartete auf sie. Als Ella endlich fertig war, winkte ich sie zu mir herüber. »Seit wann kennt ihr euch eigentlich?«, fragte ich. »Wir machen zusammen Kickboxen«, sagte Ella beiläufig. »Du machst Kickboxen?« Ich sah sie verwundert an und spürte einen kleinen Stich in meiner Brust. »Ich dachte, wir erzählen uns alles?« Ella schaute weg. »Sorry, vergessen.« Ich sah sie entgeistert an.

Ella und ich erzählten uns wirklich alles. Bisher war es jedenfalls so gewesen. Dachte ich. Wir gingen ein Stück schweigend nebeneinanderher. »Und was hat Lilith zu den Fotos gesagt?«, fragte ich schließlich leicht genervt. Ella schwieg. »Das erzählst du mir auch nicht?« Ella schaute mich nicht an und ich wurde wütend. »Dann halt nicht«, sagte ich schnippisch, drehte mich um und lief davon. Vor Wut traten mir Tränen in die Augen. Seit wann hatte meine beste Freundin Geheimnisse vor mir? Verwirrt ging ich zum Bus, da es schon wieder regnete. Blöder Herbst. Ich schaute auf mein Handy:

> Tut mir wirklich leid.
> Karim und ich haben mit Tobias geredet und gesagt, dass er die Bilder löschen soll.

Na immerhin. Nett von Karim. Ich tippte einen 🙂 zurück und wollte die Nachricht schon an unsere Detektivinnen-Gruppe weiterleiten, aber als ich an Ella dachte, steckte ich mein Handy wieder ein. Mir doch egal.

Der Kussplan

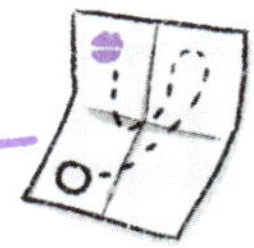

Meine Haare hingen mir bereits wirr und nass ins Gesicht, als endlich der Bus kam. Meine Laune hatte sich dadurch nicht gerade verbessert. Ich setzte mich in die vorderste Reihe und wollte mich schon wieder meiner Eifersucht auf Lilith hingeben, als jemand meinen Namen rief. Ich drehte mich um und entdeckte Sarah. Sie fuchtelte wild mit den Armen und ich setzte mich sofort in Bewegung. »Hi, rief ich, nickte Nelly zu, die sich bereits Kopfhörer aufgesetzt hatte, und lächelte meine Freundin an: »Dachte nicht, dass du um diese Uhrzeit im Bus bist.«

»Ja, heute war alles chaotisch«, sagte Sarah aufgekratzt. »Wie gehts dir?«

»Joa. Ganz ok«, antwortete ich. »Was ist los? Liebeskummer?« Sarah kicherte. »Eher Freundinnenkummer«, seufzte ich. »Streit mit Ella?« Ich nickte. »Irgendwie schon, aber egal. Wie gehts dir?«

»Gut.« Dann flüsterte sie: »Wie läufts mit den Brüsten?« Sarah erzählte selten viel über sich selbst. Also antwortete ich leise: »Ach ok. Sind bisher nicht größer geworden.« Ich senkte meine Stimme noch ein wenig mehr. »Hab auch meine Tage bekommen.« Sarah kicherte. »Und? Kommst du klar?« Ich nickte. »Sind schon wieder vorbei. War nicht viel. Meine Mama meinte, ich könne mir ins Handy eintragen, wann die ... eh ... Periode immer kommt, dann weiß ich irgendwann gut Bescheid. Das versuche ich.«

»Sehr gut.« Sarah grinste: »Und was ist mit Jungs ... oder Mädchen?« Ich musterte sie irritiert. »Was meinst du?«

»Na küssen!«, rief sie. »Pssst«, machte ich. »Ehm, ich habe noch nie einen Jungen geküsst ... und auch kein Mädchen.« Sarah lachte. »Ich wollte nur sagen, dass du mir ruhig alles erzählen kannst. *Love is love.*« Ich wusste nicht, wohin ich schauen sollte, und stotterte: »Also, ehm, ja wenn, also wenn, würde ich eher einen Jungen küssen vielleicht.«

»Auch ok«, sagte Sarah. »Wen denn zum Beispiel?« Ich zuckte mit den Schultern, obwohl mir jemand in den Kopf schoss. »Na komm.« Sarah knuffte mich in die Seite. Ich dachte fieberhaft nach, wie ich vom Thema ablenken könnte. »Vielleicht Yunus? Den kenne ich immerhin.«

»Ja, mach mal«, Sarah nickte wie wild. »Einfach mal ausprobieren. So habs ich auch gemacht.«

»Und wie war das so?«, fragte ich neugierig. »Erst komisch, aber mit meinem Freund ist es total schön.«

»Wie ist denn dein Freund so?« Sarah lächelte. »Nett. Wie willst du es machen?« Ich zögerte: »Was denn?«

»Yunus küssen.«

»Mal sehen.«

»Und wann?«

»Oh, ehm am Wochenende treffe ich ihn normalerweise.«

»Ok, dann erzählst du mir am Montag alles, ja?«

»Eh«, ich wusste nicht, was ich sonst sagen sollte.

Nelly gab Sarah Bescheid, dass die beiden rausmussten, und sah sie streng an. »Hast du uns wieder belauscht?« Sarah wirkte verärgert, drehte sich aber zu mir und sagte: »Du küsst aber nur jemanden, wenn du willst, aber wenn, dann erzählst du mir alles, ja?« »Klar«, sagte ich. Nelly und Sarah winkten mir zu und ließen mich ein wenig überfordert zurück.

Zu Hause wollte ich mich direkt in mein Zimmer verkriechen, aber Papa empfing mich mit selbst gekochtem Essen und da es wie immer sehr gut roch, blieb ich doch in der Küche und setzte mich zu ihm. Papa hörte Musik und alberte herum, sodass ich tatsächlich etwas bessere Laune bekam. »Und hungrig?«, fragte er, während er mir einen Teller vor die Nase stellte.

Ich nickte nur. »Was ist los? Du bist so wortkarg.« Ich zögerte, aber irgendwem musste ich ja davon erzählen. Auf Yunus war ich immer noch ein bisschen sauer und mit Ella konnte ich ja auch nicht reden. »Ella hat Geheimnisse vor mir.« Papa rührte im Topf und sah mich über seine Schulter hinweg an. »Manchmal muss man Dinge erstmal für sich selbst sortieren, bevor man anderen davon erzählt.« Ich rümpfte die Nase. »Aber wir erzählen uns alles!« Papa setzte sich zu mir. »Weißt du noch, als wir so wenig Geld hatten, dass wir dir kaum einen Schulranzen kaufen konnten und kein Geld für die Klassenfahrt hatten?« Klar wusste ich das noch. »Da hast du Ella und Yunus auch nicht erzählt, was bei uns los ist. Erst nach einer Weile.« Ich dachte nach und sagte: »Da dachte ich auch, sie wollen dann vielleicht nicht mehr mit mir befreundet sein.«

»Genau«, sagte Papa. »Vielleicht denkt Ella ja etwas Ähnliches.«

»Aber ich möchte immer mit ihr befreundet sein. Egal was ist.« Papa lächelte und brachte das Essen an den Tisch. »Dann sag ihr das bei Gelegenheit doch mal.«

»Ja vielleicht«, sagte ich, »falls wir uns wieder vertragen.«

»Bestimmt. Ihr habt euch schon oft gestritten und jedes Mal wurde es wieder gut«, sagte Papa mit vollem Mund und nahm sein Handy. »Wollen wir kurz Mama anrufen?«

»Oh ja.« Irgendwie wollte ich Mama wirklich gerne sehen. Wenn auch nur über einen Bildschirm.

Später lag ich auf meinem Bett. Papa hatte mich dazu bringen wollen, mein Zimmer aufzuräumen, aber ich hatte ihm erfolgreich erklärt, dass alles an seinem Platz war. Er hatte einen Blick auf den ganzen Kram geworfen, der verstreut in meinem Zimmer lag, die Augen verdreht und sich mit mir auf einen Aufräumtag am Wochenende geeinigt, an dem ich mein Kinder- und er sein Arbeitszimmer aufräumen würden. Na mal sehen. Ich hatte versucht zu lesen, stattdessen aber über dieses Kussdings nachgedacht. Dabei bekam ich einerseits ein Flattern im Bauch, aber gleichzeitig auch einen Kloß im Hals. So wirklich geheuer war mir das Ganze nicht. Aber ich hatte immer wieder Sarahs Stimme im Ohr, dass es nun an der Zeit war, und Mamas Stimme, dass ich nun eine Frau wurde. Das alles ging mir zu schnell, aber vielleicht gehörte Küssen ja dazu? Außerdem könnte ich dann auch ein Geheimnis vor Ella haben und ich hätte das alles einfach hinter mir. Eigentlich war ich auch noch sauer auf Yunus, aber er hatte sich bereits mehrfach entschuldigt, also nahm ich mein Handy und tippte eine Nachricht an ihn, während mein Herz wie wild zu klopfen begann:

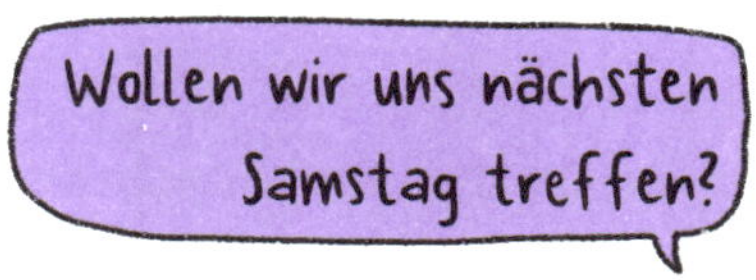

Ich zögerte und schickte ein:  hinterher. Sofort bereute ich meine Entscheidung und Hitze schoss mir in den Kopf. Oh nein, oh nein. Ich musste das wieder löschen. Viel zu peinlich. Doch Yunus hatte schon mit:

Ok.

geantwortet. Was sollte das heißen? Ok, dass wir uns küssen? Ok, dass wir uns treffen? Wenn ich das nur zurücknehmen könnte. Mein Kopf wurde viel zu heiß. Wollte ich Yunus gar nicht küssen? Oder doch? Mein Handy vibrierte wieder.

Am Samstag Auswertung der Schriftproben? Ihr könnt auch bei mir schlafen.

Ella hatte in die Detektivinnen-Gruppe geschrieben. Ich hatte gar keine Lust, aber Aida hatte schon geantwortet:

Bin dabei! Nur Übernachten geht nicht. Muss Sonntag lernen.

Anna schrieb direkt hinterher.

Ich weiß nicht, ob meine Eltern das erlauben. Aber tagsüber kann ich.

Ich wusste nicht, was ich schreiben sollte, und beschloss, mir ein Beispiel an Yunus zu nehmen:

Danach machte ich mein Handy aus, zog mir die Decke über den Kopf und versuchte nicht weiter über Küsse oder Geheimnisse nachzudenken.

Eine Mission und eine Handynummer

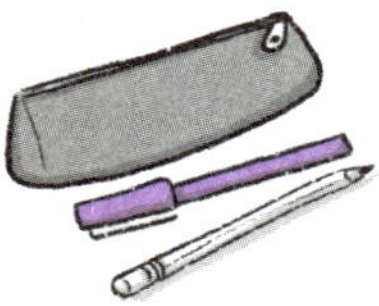

Herr Blöhm redete seit geschlagenen 40 Minuten ohne Unterbrechung über irgendetwas, was ich wirklich null verstand. Aida und Anna zockten unter dem Tisch, Ella und ich ignorierten uns, Tobias bewarf Jasmeet, die das Pech hatte vor ihm zu sitzen, mit Papierkugeln, Jan schien zu schlafen und Karim starrte an die Decke. Auch der Rest der Klasse döste vor sich hin. Ich starrte auf die Uhr hinter dem Blöhm und zählte die Sekunden. Als es klingelte, sprangen alle auf. Der Blöhm rief noch, dass nicht die Klingel den Unterricht beendete, sondern er, aber in der letzten Stunde interessierte das niemanden mehr.

Vor der Klasse winkte Aida Anna, Ella und mich zu sich. »Leute, wie sieht es aus? Gibt es

Neuigkeiten?« Ich zögerte, aber dann erzählte ich: »Karim und Yunus haben Tobias gesagt, er solle Liliths Fotos löschen.« Ella schaute überrascht. »Echt?«

»Ja«, antwortete ich. »Na hoffentlich macht er das auch. Ich wünschte, wir könnten an sein Handy«, sagte Aida und schaute in Richtung der Jungs, die sich am anderen Ende des Flures versammelt hatten und ebenfalls zu uns sahen. »Vergiss es«, sagte Anna und schüttelte den Kopf. »Das hütet er wie seinen Augapfel.«

»Ich kann Yunus ja noch mal fragen«, bot ich an. Ella sagte schüchtern: »Das wäre total nett.« Ich nickte, sah sie aber nicht an. »Was ist mit Karims Schriftprobe?« Aida sah mich erwartungsvoll an. Ich spürte schon wieder Hitze in meinem Kopf und stammelte: »Ja eh, ich, eh ... wollte das heute machen, hat aber irgendwie nicht geklappt.« Aida seufzte. »Ich versuche es morgen«, versprach ich.

Doch bis zum nächsten Tag musste ich gar nicht mehr warten. Als wir mit unseren Plänen für unser Detektivinnen-Treffen am

Samstag fertig waren, stand Karim wie zufällig noch auf dem Schulhof rum. Ok, jetzt oder nie. Ich nahm all meinen Mut zusammen und wollte gerade zu ihm gehen, da schlenderte er schon auf mich zu. »Hey Selma, musst du auch zum Bus?« Ich schüttelte den Kopf. Heute war gutes Wetter, deshalb wollte ich laufen, anstatt mich in den Bus zu drängen. Doch dann fiel mir meine Mission wieder ein und ich fuhr hastig fort. »Eh doch ... ich muss doch zum Bus.« Wir setzten uns in Bewegung. Zwischen uns war nichts als peinliches Schweigen. Ich überlegte fieberhaft, wie ich an eine Schriftprobe kommen könnte. »Und was gelernt heute in der Schule?«, fragte Karim ironisch und grinste mich schief an. Ich lachte. »Ja voll. Vor allem beim Blöhm. War richtig interessant, was er über ... eh ...« »... die Grundlagen des Rechtsstaates«, schlug Karim vor. Ich sah ihn entgeistert an. Was bitte? »Ja genau, was er darüber erzählt hat, war total spannend.« Karim lachte. »Hast du etwa zugehört?«, fragte ich. Karim bejahte. »Hab es zumindest versucht. Politik und

Geschichte interessieren mich schon, aber beim Blöhm fällt es trotzdem schwer, nicht einzuschlafen.«

Wer interessierte sich bitte für die Schule? Und dann auch noch für Politik. Obwohl, Ella war ein Ass in allem und hörte ständig zu. Sie mochte ebenfalls Geschichte und Politik. Aida war ein Ass in Mathe und Anna konnte toll malen und zeichnen. Vielleicht interessierte nur ich mich für nichts? Ach herrje. Wobei ich gerne Geschichten schrieb oder Gedichte las und interpretierte in Deutsch. Vielleicht zählte das ja.

Karim und ich verfielen wieder in Schweigen. Wie könnte ich meine Mission erfüllen? »Eh, hast du vielleicht einen Zettel, auf dem die Hausaufgaben stehen?«, fragte ich lahm. Er schüttelte den Kopf. »Wir haben nichts auf.« Mist. Peinlich. »Ach so. Ehm, könntest du mir dann vielleicht … etwas aufschreiben?« Oh nein. Was sagte ich da? »Karim schaute verdutzt. »Was denn?« Ich redete mich um Kopf und Kragen. »Also ja, vielleicht, also könntest du mir … ja …« Puh, mir fiel absolut nichts ein. Karim sah mich erwartungsvoll an. Mist, Mist, Mist. »... deine Handynummer aufschreiben«, platzte es aus meinem Mund. Am liebsten hätte ich die Hände davor geschlagen. Oh no, total peinlich. Karim lächelte verlegen. »Gern. Gib mir dein Handy.« Ich sah ihn verständnislos an. Warum wollte er jetzt mein Handy? »Ich kann meine Nummer eintippen«, sagte er zögerlich. Doppelmist. »Das geht nicht«, sagte ich schnell. »Akku leer.« Ich nahm meinen Rucksack und kramte Zettel und Stift hervor. »Hier.« Er notierte seine Nummer, dann gab er mir den Zettel zurück. »Ich brauch noch deine Schr... ehm, ich meine, kannst du deinen Namen dazuschreiben?« Er wirkte irritiert, grinste aber. »Wieso, vergisst du sonst, von wem der Zettel ist?«

»Ja genau«, antwortete ich und tippte mir mit dem Stift gegen den Kopf. »Sehr schlechtes Gedächtnis.« Karim zwinkerte mir zu. »Klar. Oder hast du so viele Nummern von Jungs in deiner Tasche?«

»Das auch!«, antwortete ich und wir kicherten beide. Dann schoss mir wieder diese blöde Hitze in den Kopf und ich wurde ernst. Hatte ich gerade wirklich nach Karims Handynummer gefragt? »Da kommt mein Bus«, rief Karim plötzlich. »Sorry, der nächste kommt erst wieder in einer Stunde.« Er rannte los. Ich nickte und sagte: »Ok. Tschüss«, auch wenn er mich gar nicht mehr hörte. Ich drehte mich mit wahrscheinlich hochrotem Kopf um und ging verwirrt nach Hause.

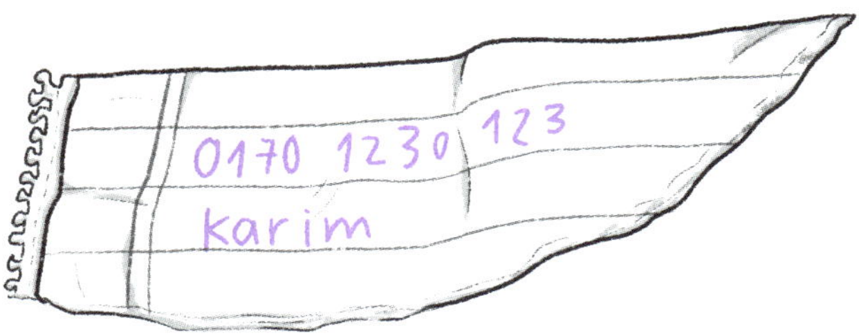

Küsse und Waschmaschinen

In den nächsten Tagen konnte ich nicht aufhören nachzudenken. Über Küsse, Telefonnummern sowie Ella und Lilith, die plötzlich sogar in der Pause zusammenhingen. Ella und ich redeten nach wie vor kaum miteinander und gingen uns aus dem Weg.

Anna fragte ein paar Mal nach, aber ich wollte nicht darüber sprechen. Stattdessen schrieb ich tagelang Nachrichten mit Sarah und versuchte mich übers Küssen zu informieren. Anscheinend sollte man nicht wie eine Waschmaschine küssen, aber ich verstand nicht, was das heißen sollte.

Zudem musste ich eine Menge lernen und kam kaum hinterher, weil ich die Hälfte nicht begriff. Papa half mir, wenn es ging, aber meistens stritten wir uns, weil ich nicht richtig aufpasste. Normalerweise lernte ich mit Ella, aber ich wollte sie nicht fragen. Bestimmt lernte sie jetzt mit ihrer neuen besten Freundin Lilith. In der übrigen Zeit war ich oft alleine zu Hause, weil Papa momentan wieder viele Termine hatte und Mama ja eh nie da war. Das alles machte mir schlechte Laune und ich sah viel fern, während ich mich auf meinen ersten Kuss vorbereitete.

Samstag war es endlich so weit und ich machte mich nervös auf in Yunus' Wohnung. Mina begrüßte mich und machte mir einen Tee. »Wie läuft die Schule, Liebes?« Ich stöhnte: »Frag nicht. Ich hab das Gefühl, mein Gehirn ist kleiner als das von allen anderen.« Mina lächelte und schüttelte den Kopf. »Das glaube ich nicht. Die Ansprüche, die sie an euch stellen, sind einfach zu hoch. Wer soll das alles schaffen?« Ich nickte eifrig und nippte an meinem Tee. »Ja, wir haben so viele Hausaufgaben und Tests und es geht alles so schnell und man verbringt sein halbes Leben in der Schule, sodass kaum Zeit für etwas anderes ist. Und dann sind da noch die ganzen anderen Sachen.« Mina sah mich fragend an. »Ach so Sachen halt. Streit mit Freundinnen, Eltern ...« Yunus' Mutter beugte sich zu mir und flüsterte: »Ich verrate dir ein Geheimnis. Wenn die Menschen sagen, die Jugend sei die schönste Zeit des Lebens, dann lügen sie. Wenn man Glück hat, wird es später besser. Man ist nicht mehr so durcheinander, viel entspannter, kann selbst entscheiden, wie man wohnt, wen man liebt und was man isst und wer man ist. Und ganz wichtig, man lernt, was man selbst will. Und was Probleme mit Eltern oder Freundinnen angeht: Reden hilft fast immer. Sprich mit anderen und sage, wie es dir geht. Nur so können sie es wissen und ihr könnt die Probleme lösen.« Das klang einleuchtend. »Danke«, sagte ich. Sie lächelte zufrieden und ging ins Wohnzimmer. »Bis später, Selma.« »Bis später«, antwortete ich und ging in Yunus' Zimmer.

Yunus kam mich schon lange nicht mehr an der Tür abholen, sondern blieb immer vor seiner Playstation sitzen. Er nickte kurz, als ich reinkam, aber sein Blick blieb auf den Bildschirm gerichtet. Sehr romantisch. Ich setzte mich zu ihm und sah ihm beim Spielen zu. Ich rückte ein bisschen näher, aber als er mich irritiert ansah, rückte ich schnell wieder weg. »Wir können gleich gemeinsam spielen, Moment«, sagte er und drückte wie wild auf den Controller. »Ok«, sagte ich. »Aber eigentlich dachte ich, wir machen heute etwas anderes.«

Yunus spielte noch einige Sekunden weiter, dann wendete er sich zu mir. »Was denn?«

»Du weißt schon«, sagte ich. Er schüttelte den Kopf: »Nee.« Hatte er mein Emoji doch

nicht verstanden? Ok, es half nichts. Ich wollte das einfach hinter mich bringen und holte tief Luft. »Ich dachte, wir könnten uns küssen!?«

»Waaaaas?«

»Na ich hab dir doch extra den Kussmund geschickt.«

»Waaaaas?« Oh Mann, vielleicht war ich doch nicht die Einzige mit einem zu kleinen Gehirn. »In der Nachricht. Egal. Also wir kennen uns gut und wir mögen uns sehr, oder?« Er nickte. »Und wir werden erwachsen langsam. Deshalb möchte ich das mit dem Küssen mal ausprobieren.« Er sah nicht gerade glücklich aus, nickte aber wieder. Oh oh. Ich bewegte mein Gesicht auf seines zu, doch da fragte er: »Du möchtest das wirklich, echt?« Jetzt schaute ich irritiert. »Ich hab dich doch gerade gefragt.«

»Ja schon. Meine Mama meint nur, man solle immer vorher nochmal nach dem Konsens fragen.«

»Hä? Nach was?«, fragte ich. Ich checkte mal wieder nichts. »Na ja, wenn man küsst oder ehm ... ja ... andere Sachen macht, soll man vorher die andere Person fragen, damit sie Ja oder Nein sagen kann. Damit auch alle mit allem einverstanden sind.«

»Ah ok.« Ich war etwas ratlos. »Ehm ... ich sage Ja.«

Nun beugte sich Yunus zu mir. Allerdings fühlte sich das alles komisch an. So hatte ich mir das Ganze nicht vorgestellt. In allen Büchern und Filmen wurde von Schmetterlingen im Bauch gesprochen, aber ich hatte da nur einen Knoten. Langsam berührten sich unsere Lippen. Es fühlte sich etwas feucht an. Ich wich zurück und rief: »Nein, ich will doch nicht.« Yunus wich ebenfalls zurück und sagte erleichtert: »Ich auch nicht! Ich glaub, ich will überhaupt niemanden küssen. Ich versteh gar nicht, wozu.« Ich zuckte die Schultern. »Ich auch nicht so recht. Also außer, wenn man verliebt ist vielleicht. Ich wollte es einfach mal machen. Aber vielleicht bleiben wir Freunde, ohne küssen und so?« Yunus nickte und drückte mir den zweiten Controller in die Hand. »Na dann los.«

KONSENS ?!

was bedeutet das eigentlich?

EIGENTLICH IST ES GANZ EINFACH:

BEIDE SIND EINVERSTANDEN!

KONSENS BEDEUTET EINVERNEHMEN!

Z.B. BEIM KÜSSEN!

ABER WOHER WEIß ICH DAS ?!

achte auf

KÖRPERSIGNALE

- lächeln?
- zufällige Berührungen?
- sich abwenden?
- ernster Gesichtsausdruck?
- Nähe suchen?

DAS IST NICHT IMMER EINDEUTIG!

am besten offen darüber reden!

auch währenddessen fragen:

Liebe und Popcorn

Am Nachmittag machte ich mich mit meinem Beweisstück nervös auf den Weg zu Ella. Karims Nummer auf dem Zettel hatte ich vorher abgerissen, sodass nur noch der Schriftzug mit seinem Namen zu sehen war. Den Schnipsel mit der Nummer hatte ich in mein Tagebuch gelegt. Die anderen mussten ja nicht gleich wissen, was passiert war. Als ich klingelte, begrüßte mich Ellas Mutter mit einem Lächeln und dem herrlichen Duft nach einer Menge Essen. Es roch nach Reis und dieser leckeren, würzigen Sauce, die sie immer machte. Ellas Mama kochte immer für alle, wenn Ella Besuch hatte. »Komm rein, komm rein!«, rief sie und lief schnell wieder Richtung Küche.

Im Wohnzimmer war ein richtiges Buffet aufgebaut, um das die anderen mit hungrigen Augen herumsaßen. »Da bist du ja endlich«, sagte Aida. »Dann können wir anfangen!« Sie begann sofort, sich Essen auf den Teller zu schaufeln. Ella winkte mir schüchtern zu und Anna sah etwas verloren aus. Ellas Mutter trat hinter mich mit einem Tablett Limonade. »Das schmeckt so gut. Vielen Dank«, sagte Aida mit vollem Mund zu ihr. Ellas Mutter lachte und deutete eine kleine Verbeugung an. »Sehr gern. Genießt es.« Sie strich Ella liebevoll über den Kopf und ging hinaus. Ich setzte mich dazu und lächelte verlegen in die Runde. »Und? Hast du Karims Schriftprobe?«, fragte Aida zwischen zwei Bissen. Ich hatte den anderen noch nichts erzählt und nickte stolz. Sie klatschten. »Super.« Ella grinste mich zurückhaltend an. »Dann können wir uns gleich an die Arbeit machen.« Ich lächelte schüchtern zurück, während Aida sich schon den ersten Nachschlag nahm. »He, ich will auch noch was essen.«

Ich nahm mir eine große Portion Reis. Anna stocherte in ihrem herum. »Was ist?«, fragte Aida sie. »Schmeckts dir nicht?«

»Doch, doch«, sagte Anna und nahm einen winzigen Bissen. »Ich hab nur nicht so viel Hunger.« Aida schüttelte den Kopf. »Das ist unhöflich. Ellas Mom hat sich so viel Mühe gegeben.« Anna stiegen Tränen in die Augen. Ella legte ihr schnell die Hand auf die Schulter. »Nein, das ist nicht schlimm. Mach dir keine Gedanken.« Anna nickte, aber ihre Augen sahen weiterhin feucht aus. »Also was ist der Plan für heute?«, fragte ich, um schnell ein anderes Thema anzuschneiden. Ella ging sofort darauf ein und holte ihren Detektivinnen-Ordner hervor. »Zuerst müssen wir die einzelnen Buchstaben der Liste mit unseren Schriftproben vergleichen. Ich habe extra eine Lupe besorgt.« »Perfekt.« Ich grinste. »Wenn die Buchstaben mit einer Schriftprobe übereinstimmen, dann haben wir den Beweis, wer die Liste geschrieben hat.« Aida hob die Hand. »Ich hab schon einen guten Racheplan.«

»Du musst aber nicht die Hand heben, bevor du sprichst. Sind ja nicht in der Schule«, sagte Ella. »Du redest aber wie eine Lehrerin«, neckte sie Aida und wir fingen alle an zu lachen.

Nach dem Essen kletterten wir auf die Garage. Ella hatte das Glück, dass an ihr Zimmer direkt ein Garagendach anschloss, auf das man durch ihr Fenster klettern konnte. Wir setzten uns an den Rand des Daches und ließen die Beine baumeln. Ella stellte Popcorn und noch mehr Limonade bereit. Wir hatten einen schönen Herbsttag erwischt und die Sonne leuchtete durch die orangenen Blätter der Bäume, die das Haus umgaben. Mir wurde richtig warm und ich nahm einen großen Schluck von der süßlich kalten Limonade, die Ellas Mom selbst gemacht hatte. Ich schob eine Hand voll Popcorn hinterher und seufzte genüsslich. Aida und Ella kicherten und spielten mit der Lupe herum, während Anna sich den Sherlock-Holmes-Hut aufgezogen hatte, den Ellas Onkel ihr zum Geburtstag aus London mitgebracht hatte.

»Also los«, sagte Ella feierlich und verteilte die Schriftproben. »Nun müssen wir gute Detektivinnen-Arbeit leisten.« Gemeinsam begannen wir einzelne Buchstaben zu vergleichen und knobelten, wer was geschrieben haben könnte. Jan und Tobias konnte Ella schnell zuordnen. »Ich habs gewusst«, triumphierte Aida. »Den zahlen wir es heim.« Ella sah verbissen auf die Liste. »Bei der dritten Handschrift bin ich mir nicht sicher.« Anna kritzelte wie wild auf einem Zettel herum und malte verschiedene Buchstaben nach. »Ha!«, rief sie und sah erschrocken über ihren eigenen lauten Ausruf aus. »Das m und das i sind eindeutig von Karim«, fuhr sie leiser, aber immer noch begeistert fort. Ich spürte Erleichterung und Enttäuschung zugleich. Yunus' Schrift war nicht dabei, aber warum machte Karim so was? Hatte er mir nur 6 Punkte gegeben? »Was ist los?«, fragte Anna und strich mir über die Schulter. »Nichts«, sagte ich schnell. »Jetzt brauchen wir nur noch Aidas Racheplan.« Die anderen nickten eifrig. Aida schilderte uns ihren Plan und anschließend holte Ella ihre Bluetooth-Box und stellte laute Musik an. Sie und Aida tanzten albern in der Abendsonne und ich zog Anna auf die Füße, die sich erst sträubte, aber dann wie wild zu tanzen begann. Wir drehten uns im Kreis, bis uns schwindlig wurde, und landeten taumelnd auf dem Boden.

»Ich bin froh, dass es euch gibt«, sagte Anna prustend. »Ohne euch hätte diese blöde Liste mich noch viel fertiger gemacht, als sie es eh schon tut.« Ella sah sie ernst an. »Wie geht es dir denn jetzt damit?«, fragte sie Anna. Auch Anna wurde ernst. »Ach wisst ihr …« Sie schluckte und ihr rollte eine Träne übers Gesicht. Sie wischte sie hastig weg. »Oh Mann, jetzt heule ich schon wieder.« Aida bestärkte sie: »Weinen ist eine natürliche Antwort auf Schmerz. Auch den im Herzen. Das ist total in Ordnung.« Wir sahen sie erstaunt an. »Was ist denn? Das sagt meine Oma immer.«

»Nichts ist«, seufzte Ella. »Das klang schön und ist wahr.«

Anna fand das anscheinend auch und ließ ihren Tränen freien Lauf. »Es tut mir echt leid, Ella. Also dass ich nichts gegessen habe. Ich wollte nicht unhöflich sein. Es hat auch total gut geschmeckt, aber ich versuche nicht so viel zu essen. Ich bin doch eh schon dick.« Jetzt schluchzte sie. »Meine Mutter sagt, dass ich abnehmen soll, und alle stehen immer nur auf schlanke Mädchen. Dann die Liste und ... na ja.« Ella rückte näher an sie heran. »Darf ich dich in den Arm nehmen?« Anna nickte, während ihr dicke Tränen vom Kinn tropften. Ella drückte sie und sagte: »Hör nicht auf deine Mutter.« Aida war schon wieder wütend. »Diese kleinen, miesen ... diese Liste ist so fies. Und deine Mutter auch. Also nicht deine Ella, sondern deine, Anna. Was soll das denn? Sie kann ja mit ihrem Körper machen, was sie will, aber deinen soll sie gefälligst in Ruhe lassen.«

Ich wusste nicht so recht, was ich sagen sollte. »Ehm ...«, ich zögerte. »Ich finde dich schön, Anna«, sagte ich schließlich. »Sowieso!«, bestätigte Aida und Ella nickte und fügte hinzu: »Und schlau und liebevoll und lustig.«

»Ja, warum geht es immer nur ums Aussehen?«, Aida schnaufte. »Als gäbe es bei uns nur das. Niemand macht eine Liste über unseren Charakter.« Sie legte sich auf den Rücken und schaute in den Abendhimmel. Wir anderen taten es ihr gleich. »Ich hab Knubbel bekommen«, platzte es da aus mir heraus. »Also Brüste, aber die sehen gar nicht aus wie Brüste.« Ich redete wie ein Wasserfall. »Das ist mir so peinlich. Ich trage nur noch weite Shirts. Außerdem hab ich auch meine Tage bekommen und ich weiß nicht, mein ganzer Körper ist einfach so ... der ist so ... komisch.«

»Geht mir auch so«, sagte Ella und lächelte mich an. Die Sonne schien durch ihre lockigen Haare und ihre Augen funkelten im Abendlicht. Ich lächelte zurück und wusste, dass wir uns wieder vertragen würden. Sie war einfach meine allerbeste Freundin. »Seit meine ... also, ehm, Brüste wachsen, weiß ich gar nicht mehr, was ich anziehen soll.

Ich will gar keine Brüste haben. Ich hoffe, sie bleiben klein und wachsen nicht zu viel.« Ella schaute verschämt.

Anna sagte: »Ich hätte gerne irgendwann große und wäre gern schlank dabei. Dann würde ich plus 100 Punkte bekommen.« Aida setzte sich auf und rollte wieder mit den Augen. »Also jetzt vergiss doch mal diese Punkte.« Anna sah verzweifelt aus. »Aber das ist doch das, was wichtig ist und warum sich jemand in einen verliebt und so was.«

»Quatsch«, antwortete Aida. »Wenn sich jemand in mich verliebt, weil ich toll aussehe, will ich ihn nicht. Er soll mich wegen dem mögen, was hier drin ist.« Sie tippte an ihren Kopf und auf ihr Herz. »Dein Gehirn ist echt sehr liebenswert«, kicherte Ella. »Ja, Mann!«, lachte Aida. »Ist es wirklich.« Anna seufzte. »Ich wäre auch gern so selbstbewusst.« Aida zuckte mit den Schultern. »Deine Mutter scheint es dir echt nicht gerade leicht zu machen.« Anna nickte traurig. »Und dann noch die Liste und alle Leute in Serien und auf Instagram. Ich meine, die sind alle schlank und so.« Ich nickte: »Ja voll! Ich fühl mich auch immer schlecht, weil da alle so perfekt aussehen und immer glücklich sind.« Die anderen stimmten zu.

Wir schmiegten uns eng aneinander. »Ich bin echt froh, dass es euch gibt«, sagte ich. Alle murmelten vor sich hin und die Musik lullte uns ein, während wir still dalagen. Plötzlich traf mich eine volle Ladung Popcorn im Gesicht. »Hey!«, rief ich empört und Aida lachte laut, während sie die nächste Portion auf Anna warf und »Popcorn-Schlacht« brüllte. Wir sprangen auf und bewarfen Aida mit so viel Popcorn, bis kaum noch etwas übrig war. Sie kicherte und kugelte sich am Boden.

»Oh, Mann! Das war ein schöner Abend.« Aida grinste breit: »Aber jetzt muss ich echt nach Hause.« Anna sah erschrocken auf ihr Handy. »Mist, ich auch. Sonst bekomme ich riesigen Ärger.«

Ella und ich blieben auf dem Dach zurück und saßen verlegen nebeneinander. Ella schob einen losen Stein herum und fragte: »Magst du hierbleiben?« Ich nickte. »Ja gern, aber ich hab nichts zum Übernachten dabei.«

»Kein Problem«, sagte Ella. »Ich leih dir was.« Danach wurden wir still und wussten nicht, was wir sagen sollten. Ella spielte mit ihrem Stein und ich schaute auf mein Handy, auch wenn darauf rein gar nichts passierte. »Also es tut mir leid, dass ich dir nichts gesagt hab. Wegen Lilith und so«, fing Ella plötzlich an. Ich sah sie erstaunt an. »Das war nur weil, also …«

»Schon ok«, sagte ich. »Du musst es mir nicht sagen.« »Doch«, antwortete Ella. »Ich möchte es dir ja sagen. Ich hab nur Angst, dass du es komisch findest.« Ich zuckte mit den Schultern. »Also ok«, setzte sie an. »Lilith hat mich gefragt, ob ich mit zum Kickboxen kommen will, weil wir mal darüber geredet haben und na ja ... ehm ... wir verstehen uns sehr gut. Und ich mag sie halt ... sehr.«

Ich schaute meine Freundin aufmerksam an. »Bist du verliebt in sie? So wie es auf der Liste steht?« Das Wort »Lesbe« steht dort dick und fett hinter Ellas Namen. Ella verzog das Gesicht. »Ich weiß nicht. Könnte sein ... Findest du das schlimm?« Ich schüttelte den Kopf. »Findest du mich dann auch gut? Weil du Mädchen gut findest?« Ella sah mich irritiert an. »Findest du alle Jungs gut, nur weil du Jungs magst?« Ich dachte an Yunus, Tobias und Jan. Ich grinste. »Nee, gar nicht.« »Siehst du«, sagte Ella. »Ich hatte Angst, dass du das denkst und mich eklig findest oder so.«

»Quatsch«, sagte ich empört. »Ich mag halt keine Mädchen, glaube ich. Also schon, aber ich will sie nicht küssen. Aber wenn ich in ein Mädchen verliebt wäre, dann am liebsten in dich.« Ich grinste. Ella auch. »Ich weiß auch nicht, ob ich in Lilith verliebt bin oder nicht.

Oder ob ich überhaupt verliebt sein will. Aber Jungs interessieren mich nicht.«

»Das versteh ich gut. Die sind manchmal komisch. Und fies. Aber manchmal auch nett ... wie alle Menschen halt eigentlich ... ja ... also, ich muss dir übrigens auch was erzählen.« Wieder redete ich ohne Punkt und Komma. Alles purzelte schnell aus meinem Mund heraus. »Ich hab versucht Yunus zu küssen, weil ich dachte, ich würde gern mal jemanden küssen, aber dann wollte ich doch nicht. Er auch nicht. Und dann hab ich Karim nach seiner Telefonnummer gefragt. Keine Ahnung, warum eigentlich. Aber es war auch aufregend und ich muss oft an ihn denken, aber ich weiß auch nicht, ob ich verknallt sein will oder jemanden lieben oder so. Küssen will ich vielleicht auch nicht. Oder doch. Na ja, was weiß ich. Aber das alles wollte ich die ganze Zeit erzählen, aber es ging ja nicht ... und na ja, so halt.« Ella sah mich erstaunt an. »Wow.«

»Ja wow. Hast du Lilith schon mal geküsst?« Ella schüttelte den Kopf. »Nein! Ich hab ihr auch nichts gesagt. Wir sind einfach Freundinnen. Ich muss erst weiter darüber nachdenken. Vielleicht geht es auch vorbei. Irgendwie weiß ich nämlich auch nicht, was Liebe so sein soll eigentlich oder wie man erkennt, dass man verliebt ist. Und ob es ok ist, in ein Mädchen verliebt zu sein, und auch was es heißt, ein Mädchen zu sein. Und vielleicht bin ich für Lilith einfach eine Freundin und sie mag lieber Jungs. Darüber denke ich halt die ganze Zeit nach.«

Jetzt schaute ich erstaunt. »Du denkst aber viel nach.« Ella grinste. »Schon, ja.« Ich überlegte: »Also bei der Liebe denke ich, dass man ja vieles liebt. Seine Eltern, Geschwister, Großeltern, seine Freundinnen ...« Ich dachte an Yunus. »... und Freunde. Auch Essen liebe ich und mein Kuschelkissen. Aber das mit dem Verliebtsein ist ja nochmal anders, oder? Mit küssen und ... so was. Yunus mag ich total. Er ist mir sehr wichtig, aber ich will ihn lieber doch nicht küssen. Und meine Freundinnen auch nicht, auch wenn ich sie liebe ... ehm irgendwie. Und na ja, vielleicht haben wir noch etwas Zeit herauszufinden, ob wir uns verlieben wollen und in wen? Und weißt du, was Sarah gesagt hat?« Ella schüttelte den Kopf. »*Love is love.* Also Liebe ist Liebe und ich hab überhaupt nicht gecheckt, was sie meint, aber ich glaube, dass es total ok ist, auch in Mädchen verliebt zu sein, weil Liebe halt Liebe ist, oder?« Ella wirkte erleichtert. »Du denkst aber auch viel nach! Ja, das klingt gut.« Wir lächelten uns an und ich atmete tief aus. »Gut, dass mal alles erzählt zu haben.« Ella stimmte mir zu: »Finde ich auch.«

Schach und Enttäuschung

Am nächsten Morgen wachten wir spät auf und erst nach einem langen Frühstück ging ich nach Hause. Abends als alle weg waren, hatten wir noch einen Film geschaut und eine Menge gekichert, bis Ellas Mutter das Licht ausgemacht hatte. Es war so schön, dass wir uns wieder vertrugen. Auf dem Heimweg tippte ich aufgeregt eine Nachricht an Sarah.

> Yunus und ich hätten uns fast geküsst. Aber hab mich nicht bereit gefühlt. Aber vielleicht bin ich in jemanden verliebt ♡

Ich überlegte, ob ich Karim schreiben sollte, aber ich ließ es bleiben. Vielleicht war ich ja doch nicht verliebt?! Mein Handy piepste.

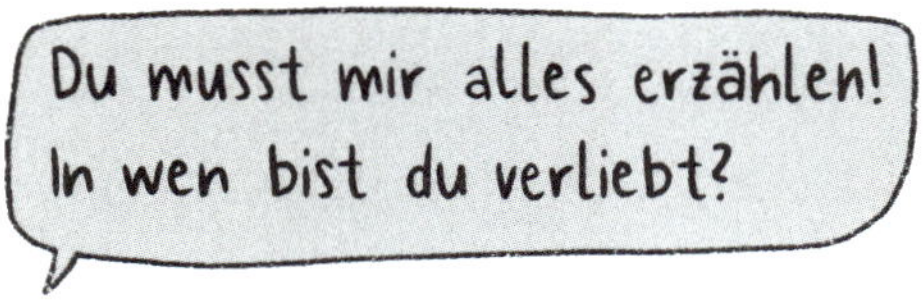

Ich tippte:

Sarah antwortete blitzschnell:

Zu Hause machte ich es mir mit Papa gemütlich. Sonntags spielten wir oft etwas oder schauten alte Filme. Deshalb war der Sonntag mein Lieblingstag. Das gemeinsame Aufräumen war zum Glück schon vorbei. »Wie war es mit Ella?«, fragte Papa. »Alles wieder ok«, antwortete ich und machte einen Schachzug. Papa hatte mir vor ein paar Jahren Schach beigebracht und bis letztes Jahr hatte ich immer gewonnen und gedacht, ich sei richtig gut. Aber irgendwann hatte ich ihn gegen Mama spielen sehen und gemerkt, dass er mich immer gewinnen ließ. Jetzt spielte er normal, was aber leider hieß, dass ich nun immer verlor. Irgendwie machte es mir aber trotzdem Spaß und ich arbeitete daran, wenigstens einmal wirklich zu gewinnen. Leider schien das relativ aussichtslos zu sein, da ich in Schach genauso schlecht war wie in Mathe. Aber ich gab nicht auf. »Und ... sonst so?« Papa machte einen Zug und sah mich an. Ich schaute misstrauisch. »Na ja mit der Periode und den ... Knubbeln?«, fuhr er fort. »Nichts!«, sagte ich pampig. »Ist doch egal.«

»Also egal würde ich nicht sagen. Mama ruft gleich an. Vielleicht möchtest du mit ihr nochmal darüber reden?« Wütend machte ich den nächsten Zug. »Nee! Will ich nicht. Ich will gar nicht mit Mama reden.« Mama hatte mir gestern am Telefon schon mitgeteilt, sie könne erstmal nicht weniger arbeiten und werde weiterhin so selten nach Hause kommen. »Mama kann doch nichts dafür«, beschwichtigte mich Papa. »Sie muss dieses Projekt noch abschließen und dann ...«

»Ja, dann dann dann ...«, unterbrach ich ihn. »Ist doch einfach egal!« Papa ließ die

Schultern hängen. »Ich weiß, dass du sie vermisst.«

»Tu ich nicht!«, rief ich und warf meine Schachfigur um. Papa stellte sie wieder auf. »Ich habe einen Termin bei der Gynäkologin gemacht. Ist es ok, wenn ich dich begleite?«

»Wer denn sonst?«, schnauzte ich. Papa zuckte zusammen. »Nee, ist schon ok«, lenkte ich ein. »Wir schaffen das schon«, sagte er und lächelte mir wieder aufmunternd zu. Ich nickte widerwillig und wir setzten unser Spiel fort.

Rache und Rasierschaum

Am Montag wachte ich aufgeregt auf. Heute war unser Rachetag und ich schlich ins Bad, um Papas Rasierschaum heimlich in meine Schultasche zu packen. Außerdem brauchte ich noch Natron, das ich aus der Küche holte. Aida hatte uns eine genaue Liste geschickt, was wir mitbringen sollten. Wir trafen uns 40 Minuten vor Schulbeginn. Wie immer auf dem Klo. Ella hatte einen Eimer und grüne Farbe dabei. Aida Klebstoff und Anna Kontaktlinsenflüssigkeit und Glitzer. »Los gehts!« Aida grinste und kicherte. Anna wirkte unsicher: »Wollen wir das wirklich durchziehen?« Auch ich hatte Bauchschmerzen, stimmte aber zu. Dann Ella und so schloss auch Anna sich uns an. »Ok.«

»Wenn wir Ärger bekommen, dann alle zusammen, ja?« Anna sah jede von uns einzeln an.

»Na klar!«, rief ich und wir mussten alle aufgeregt lachen.

Dreißig Minuten später versteckten wir uns hinter einem Schrank vor unserem Klassenzimmer. Wir wussten, dass der Klassenraum

montags ausnahmsweise offen war, da schon früh morgens geputzt wurde. »Hast du die Nachricht an Karim geschickt?«, fragte mich Aida. Ich bejahte. Ich hatte Karim gestern Abend tatsächlich noch geschrieben. Allerdings im Auftrag des Detektivinnen-Clubs. Ich hatte ihn gefragt, ob er mit Jan und Tobias zehn Minuten früher in der Klasse sein könne, da wir mit ihnen sprechen wollten. Ich wusste nicht, wie ich sie in die Klasse locken sollte, deshalb hatte ich etwas von einem Friedensangebot geschrieben, da wir keine Lust mehr auf Streit hätten. Dann hatte ich noch panisch ein Geschenk dazu gedichtet. Totaler Quatsch und ich war mir sicher, dass Karim das durchschaute, aber er antwortete, dass sie kommen würden und er sich eh entschuldigen wollte. Deswegen hatte ich fast schon wieder ein schlechtes Gewissen, aber auch nur fast. Jan und Tobias wollten sich bestimmt nicht entschuldigen.

»Wo bleiben die denn?« Anna streckte ihren Kopf hinter dem Schrank hervor, aber Aida zog sie schnell zurück. »Pass auf. Sonst sehen sie dich noch.« Ella schaute nervös auf ihr Handy. »Mist. In sieben Minuten klingelt es.« Noch war niemand auf den Fluren zu sehen, da wir vor dem ersten Klingeln eigentlich nicht ins Schulgebäude durften. Wir sahen uns aufgeregt an. »Was ist, wenn jemand anderes …«, begann Anna wieder. In dem Moment hörten wir Schritte und Anna verstummte panisch. »Es geht los«, formte Aida mit ihren Lippen. Tatsächlich hörten wir Tobias lachen. Ich grinste und die anderen grinsten zurück. Doch die Jungs warteten vor dem Klassenraum und gingen nicht hinein. »Kommt schon«, sagte Karim. »Wir können uns entschuldigen und dann ist gut. Sie haben uns doch ein Friedensangebot gemacht.« Jans Worte klangen verächtlich. »Wofür denn? Dafür dass wir unsere Meinung aufgeschrieben haben?« Aidas Augen funkelten zornig. »Kommt wir gehen rein und schauen uns ihr Geschenk an«, sagte Tobias hämisch. »Aber ich entschuldige mich auch nicht.«

Karim seufzte. Hoffentlich ging er nicht als Erster rein, dachte ich. Ich spähte zur Tür und stellte fest, dass Tobias sich ihr näherte und Jan ihm folgte. Ich musste ein Kichern unterdrücken und auch die anderen hielten sich die Hände vor den Mund. Als Tobias die Tür öffnete, hörten wir einen lauten Platscher, einen dumpfen Aufprall und heftiges Gebrüll. Wir sprangen hinter dem Schrank hervor und warfen Hände voll Glitzer auf die Jungs, die über und über mit unserem selbst gemachten grünen Schleim beschmiert waren. Der Glitzer blieb daran haften und die drei sahen aus, wie von einem Einhorn angekotzt. Der Eimer, den wir von innen auf die angelehnte Tür gestellt hatten, lag auf dem Boden.

Jan und Tobias rannten uns brüllend entgegen. Panisch sprinteten die anderen davon, Jan und Tobias ihnen hinterher. Nur Karim und ich blieben stehen. Er hatte nicht viel abbekommen. Nur sein

Pulli und sein Gesicht glitzerten Grün.
Er gluckste: »Hab mir schon so was gedacht. Nicht schlecht.« Ich zwinkerte. »Wir haben uns Mühe gegeben.«

»Ich wollte mich eh dafür entschuldigen. Das mit der Liste war nicht ok.« »Finde ich auch«, sagte ich.

Die anderen kamen immer noch brüllend, kreischend und kichernd zurückgerannt und wir alle begannen uns mit dem übrigen Schleim zu bewerfen. »Ich verklage euch«, rief Tobias. »Mein Vater ist Anwalt.« Aida gluckste. »Oh, ein Schleimverfahren vor Gericht.« Anna und Ella quietschten, während sie einer Portion Schleim von Jan auswichen. Jan begann zu lachen. »Vielleicht sind wir einfach quitt?«

»Niemals!«, rief Aida, kratzte Schleim vom Boden und warf ihn auf seinen Pullover. Dabei brach sie allerdings auch in Gelächter aus. Karim und ich hatten ebenfalls begonnen uns zu bewerfen und mein Gesicht brannte wie Feuer, als ich ihm Schleim in die Haare drückte und wir uns kurz näherkamen.

Plötzlich ließ uns alle ein Aufschrei zusammenschrecken und bereitete unserer Schleimschlacht ein jähes Ende. »What is going on? Was ist hier los?« Frau Hübner und der Rest der Klasse standen im Flur. »Eh nichts«, sagte Anna und schob etwas Schleim mit dem Fuß unter den Schrank. Frau Hübner stemmte die Hände in die Hüften und ging energisch in den Klassenraum. Dort entdeckte sie, was wir auf die Tafel geschrieben hatten: »Karim, Tobias und Jan: null Punkte!« Was Besseres war uns auf die Schnelle nicht eingefallen und mir wurde bewusst, dass es vielleicht nicht der beste Plan gewesen war, denn Frau Hübner wusste sofort, dass der Schleim von uns kam. »Ist das eure Antwort auf diese Liste, die ihr mir gezeigt habt? Das geht wirklich zu weit.« Aida hob abwehrend die Hände. »Nur ein dummer Mädchenstreich. So sind Mädchen halt.« Frau Hübner blieb der Mund offen stehen. Sie schien nicht zu wissen, was sie sagen sollte. Yunus lachte laut. Er hatte nichts von unserem Plan gewusst. »Ihr alle, Aida, Anna, Karim, Jan, Tobias,

Ella und Selma, ihr alle macht das jetzt sofort weg! Und auf der Klassenfahrt übernehmt ihr den Frühstücksdienst. Jeden Morgen!«

»Wir gehen auf Klassenfahrt?«, rief ich aufgeregt. Die ganze Klasse brach in Gejohle aus. »Quiet! Ruhe!«, sagte Frau Hübner streng. »Ja, das wollte ich euch heute erzählen. Wir gehen Wandern im Erzgebirge.« Die ganze Klasse stöhnte. »Nur ein Scherz«, sagte sie trocken. »Wir fahren auf Skifreizeit. Zusammen mit der 7b.« Da jubelten wieder alle. »Schluss jetzt!«, schrie sie und drückte mir einen Besen in die Hand. »Ihr macht jetzt sauber! Und die anderen setzen sich.« Ich schlich mich zu Ella und flüsterte ihr ins Ohr: »Dann kommt Lilith auch mit.«

»Pssst«, machte Ella schnell, lächelte aber verlegen. Gemeinsam betraten wir den Flur und putzten eine ganze Schulstunde lang.

Ein kurzer Schluss

Nach dem Unterricht verließ ich die Klasse und freute mich, im Bus Sarah von den Ereignissen der letzten Tage zu berichten. Ich war immer noch ganz aufgewühlt und dachte an die bevorstehende Klassenfahrt. Eine ganze Woche mit dem Detektivinnen-Club. Und mit Karim. Und Yunus. Im Schnee. Heute würde auch Mama mal wieder nach Hause kommen und vor lauter guter Laune wäre ich fast gehüpft. Auch wenn ich immer noch sauer auf sie war, überwog heute die Freude, sie endlich zu sehen. Plötzlich legte sich ein Arm um meine Schultern. Ella. Aida sprang auf ihre Schulter und Anna nahm meine Hand. »Du hast da noch Schleim«, kicherte ich und begann ihn aus ihren Haaren zu entfernen. »Danke.« Anna lächelte.

»Ich freu mich so auf die Klassenfahrt«, rief Aida und taumelte mit Ella unter sich nach vorne. »Eine Woche ohne meine Eltern! Hoffentlich darf ich mit«, sagte Anna begeistert. »Dafür sorgen wir schon.« Aida sprang von Ellas Schultern und Ella stimmte zu: »Auf jeden Fall. Notfalls reden wir mit deiner Mutter. Zusammen schaffen wir alles.«

»Genau«, sagte ich. Meine Freundinnen waren einfach die besten Freundinnen auf der Welt. Deshalb traute ich mich zu sagen: »Wisst ihr was?« Die anderen sahen mich an. »Ich geh morgen das erste Mal zur Gynäko ... eh Gynäkologin.« Anna machte große Augen. »Wegen der ... Periode?« Ich bejahte. »Meine Tage hab ich auch seit einer Weile. Nervt mich ohne Ende. Hab die ganze Zeit Krämpfe. Will aber noch nicht zur Ärztin gehen«, sagte Aida. »Meine Mama sagt, eine Wärmflasche hilft«, sagte ich. Ella ergänzte: »Oder ein bisschen Bewegung.«

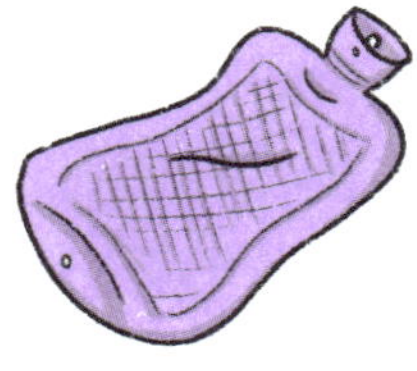

»Hast du etwa auch schon deine Tage?«, fragte Anna.

»Ich bin anscheinend immer spät dran.« Aber Ella schüttelte den Kopf. »Nee. Aber ich hab so ein Buch darüber. Und du bist nicht spät dran. Das ist bei allen unterschiedlich.«

»Ich hab gehofft, dass sie erst später kommen«, warf ich ein und Aida stimmte mir zu. Wir hielten kurz an und streckten unsere Gesichter in die Herbstsonne. »Sag mal, Selma«, Aida sah mich schmunzelnd an. »Magst du eigentlich Karim?« Ich quietschte und rief: »Nein!«

»Als ob«, kicherte Anna und kitzelte mich. Ich kitzelte zurück und lenkte schnell vom Thema ab: »Könnt ihr Skifahren?« Alle schüttelten die Köpfe. »Ich hab auch gar keine richtigen Wintersachen«, sagte Aida trocken. Daraufhin mussten wir lachen und malten uns aus, wie katastrophal wir die Berge in kurzen Hosen runterschlingern würden. Ella schmiegte sich an mich und wir hakten uns alle unter. Eine Windböe wirbelte Blätter auf und wir verließen lachend und eng aneinander gedrückt den Schulhof. Gespannt darauf, was uns in den nächsten Wochen erwarten würde.

Was bedeutet …

… Rassismus?

Rassismus ist ein System, das versucht, Menschen in unterschiedliche Gruppen einzuteilen, die dann angeblich besser oder schlechter sind. Man versucht an äußeren Merkmalen oder einem Akzent festzumachen, woher eine Person stammt oder wer sie als Mensch ist. Dies sind natürlich Vorurteile, die vor allem Menschen treffen, die die Mehrheit als »anders« empfindet, weil sie oder ihre Eltern oder Großeltern oder jemand noch viel früher in einem anderen Land geboren wurde. Oder weil sie nicht so aussehen wie andere Menschen, die man kennt. Aus diesen Gründen bekommen manche Menschen nur sehr schwer eine Wohnung, einen Job oder gute Noten in der Schule. Sie werden benachteiligt – und das ist nicht fair!

… Diskriminierung?

Auch bei Diskriminierung werden Menschen in Gruppen eingeteilt und haben deshalb Nachteile. Frauen verdienen häufig weniger Geld als Männer, behinderte Menschen können zum Beispiel seltener ins Kino, weil es oftmals keinen Zugang für Rollstühle oder keine Untertitel gibt, auf dem Schulhof werden Jüd*innen beleidigt oder Kinder geärgert, die sich nicht als Mädchen oder Junge fühlen, und Menschen, die dicker sind, finden keine passende Kleidung und gelten als faul, weniger gesund oder schön.

Menschen können außerdem diskriminiert werden, weil sie alt sind, keinen schlanken oder muskulösen Körper haben, weil sie nicht in das Bild von Mann und Frau passen, weil sie anders lieben als die Norm, weil sie einen anderen Glauben haben oder behindert sind.

Dies sind nur einige Beispiele. Auch das ist nicht in Ordnung!

… Sexismus?

Sexismus ist ebenfalls eine Art von Diskriminierung. Sexismus heißt, dass Frauen und Mädchen abgewertet werden, einfach weil sie Frauen und Mädchen sind. Ihr Aussehen wird dabei ganz besonders kritisch bewertet oder sie werden als schwach eingestuft und beleidigt.

Was tun?

Wir alle können in Bezug auf Rassismus und Diskriminierung darauf achten, dass wir Vorurteile hinterfragen, Menschen nicht rassistisch oder diskriminierend beleidigen und andere darauf aufmerksam machen, wenn sie Menschen in Gruppen einteilen und nicht mehr als Individuen betrachten.

Wenn du selbst so etwas erlebst oder deine Freund*innen oder andere dir nahestehende Menschen, gibt es viele Beratungsstellen oder Jugendzentren, vielleicht auch Lehrer*innen, mit denen du sprechen kannst.

Wenn dies nicht möglich ist, kannst du dich (auch mit anderen Problemen) an die »Nummer gegen Kummer« in Deutschland oder »Rat auf Draht« in Österreich wenden:

- **Nummer gegen Kummer**
  116 111
  montags bis samstags 14–20 Uhr
- **Rat auf Draht**
  147 (ohne Vorwahl)
  rund um die Uhr

Umschlag und Illustrationen: Hannah Rödel
Druck: FINIDR, s.r.o.
Lektorat: Senta Wagner
Papier: Peyer Surbalin seda, Munken print cream
Satz: Annalena Weber Buchdesign, Hamburg

www.leykamverlag.at
ISBN 978-3-7011-8230-5

Tagebuch